빵 좋아하세요?

빵 좋아하세요?

단편빵과 모란

구효서 장편소설

QQ 문학수첩

일러두기

본 작품은 작가의 단편소설 〈아침깜짝물결무늬풍뎅이〉를 바탕으로 하여, 인물과 사건을
추가하고 갈등의 구조를 다각화하는 등 장편소설의 요소를 새로 갖추어 창작하였음을
밝힙니다.

작가의 말

빵이 좋아요.

너무 좋아해서 눈치가 보여요.

그래서 가만히 묻곤 하죠.

"저어, 빵 좋아하세요?"

그렇다는 대답을 들으면 날아갈 듯 기쁘고 한없이 안심이 돼요.

안심이 되는 이 마음은 뭘까?

궁금해서 소설로 써 보기로 했어요.

빵 좋아하는 소설가가 빵 소설을 썼으니 빵에게 할 일을 한 것 같아 마음도 좀 놓이고요.

'요'로 끝나는 제목의 장편소설로는 두 번째예요.

세 번째 네 번째 요요요요, 빵 먹듯 쓰고 싶어요.

구 효 서

차례

미르

1

단팥빵 찾을 때는
단팥빵만 생각하는 거야

뭐지?

미르는 길 위에 서서 중얼거렸다.

뭘까 이게?

버스가 지나갔고 은행잎이 떨어졌다.

가을의 한가운데였다. 언제부터 길 위에 서 있었는지 미르로서도 알 수 없었다.

은행잎 하나가 발등에 떨어졌으나 미르는 그것을 보고 있지 않았다. 미르는 아무것도 보고 있지 않았다. 버스도, 나뭇잎도, 길을 오가는 사람들도, 파란 하늘도.

눈에 보이는 무언가가 궁금하여 "뭘까 이게?" 하고 중얼거린 게 아니었다. 조금 전 자신에게 일어난 사태, 그것을 믿을 수 없어 스스로 묻는 것이었다. 뭐지?

———

한 달 반을 찾아 헤맸던 사람. 그 사람을 만났다. 그는 나무개제과점의 제빵사였다. 윤중업. 52세.

사태란 그거였다. 한 달 반 동안 찾아 헤맨 사람을 만났다는 것.

그것이 사태일 수밖에 없는 이유는 찾는 과정이 힘들었기 때문이고, 그러다가 찾게 된 계기라는 게 너무도 어이가 없어 허망했기 때문이고, 찾고 나니 모르는 사람이 아니었기 때문이고, 이름과 나이는 물론 전화번호까지 알고 있던 사람이었기 때문이다.

———

그를 찾기 위해 애리조나에서 날아온 것은 아니었다. 그를 만나게 될 줄은 몰랐다. 사람이 아닌 빵. 빵 때문에 한국에 온 것이었으니까.

빵을 찾아서. 단팥빵. 오로지 그걸 먹기 위해 애리조나에서 한국까지 날아올 사람은 없겠지만, 있었다. 엄마 김경희가 그랬다.

어느 날 잠에서 깨어난 엄마가 미르의 눈을 뚫어지게 바라보더니, 죽어도 그걸 먹고 죽어야겠다고 말했다. 단팥빵을.

"먹으면 되지."

미르가 말했고,

"그냥 그런 빵이 아니라 세상에서 제일 맛있는 빵. 단팥빵."

엄마가 말했다.

"세상의 단팥빵을 다 먹어 볼 수 없는데, 제일 맛있는 단팥빵을 어디 가서 어떻게 구별……."

"파는 곳을 아니까."

미르의 말이 끝나기도 전에 엄마는 빠르고 결연하게 말했다. 미르는 엄마의 눈빛이 한심하고 무서웠다.

"이따 먹으러 가 그럼."

"여권부터 챙겨야지."

엄마는 서랍을 뒤지기 시작했다. 해도 안 뜬 이른 아침이었다. 미르는 엄마의 말뜻을 얼른 알아차리지 못했다.

"멀리 가?"

"그토록 맛있는 빵이 이 아메리카에 있겠니? 단팥빵인데?"

"혹시……."

"그래. 한국."

사태라는 건 이때부터 시작된 게 아닐까.

엄마는 한국을 떠나온 뒤 한국에 간 적이 없었다. 미르는 아예 한국 땅을 밟은 적이 없었다. 이상하지만 그랬다.

"엄청 큰 빵집이야?"

"동네 빵집."

"그럴 줄 알았다니까. 28년 전 동네 빵집을 찾아가겠다고? 한국의?"

"거기밖에 없으니까, 그 빵이."

"알았어."

미르는 알았다고 말했다.

없어졌을지도 모를 빵집. 아직 그곳에 그 빵집이 있다고 한들 과연 세상에서 제일 맛있는 빵이 거기에 있을까? 변치 않고?

그게 어떤 맛이었는지 엄마는 제대로 기억이나 하고 하는 말일까. 미리 인터넷으로 찾아보거나, 한국으로 전화를 걸어 가까운 경찰 지구대든가 아무튼 그런 데다 그 빵집이 아직 그곳에 있는지 확인해 달랄 수도 있었다.

그러나 미르는 알았다고 했다. 알았어.

미르는 엄마가 하자는 대로 했다. 28년간 한 번도 가지 않은 한국이었는데 어느 날 아침 엄마는 "단팥빵 먹으러 가자!" 불쑥 말하고 여권을 찾기 시작했다. 사태는 그때 이미 시작된 것 같았다.

죽더라도 그걸 먹고 죽고 싶다던 엄마의 말.

그건 과장도, 강조도, 농담도 아니었다. 엄마는 진짜 죽을 거니까. 그러니 그걸 먹고 싶다는 엄마의 마음도 진짜인 것이다.

진짜이기 때문에 그 빵집이 정말 있는지, 그런 빵을 거기서 파는지 안 파는지 미리 확인해 보고 어쩌고 한다는 게 왠지 패륜을 저지르는 것보다 못한 짓 같았다.

알았어. 미르는 말했다. 병든 몸으로 28년 만에 한국에 간다는 건 빵 이상의 의미가 있는 일이야, 라고 생각하지도 않았다. 오직 빵 때문이야, 그걸 먹으러 가는 거야, 라고 생각했다.

단팥빵. 그뿐.

그러자 이상하게도 마음이 더없이 개운해졌다.

—

역시 없었다. 그런 빵집도 빵도.

엄마의 기억과 지도 어플을 따라 찾아간 곳은 대전시 중구 은행동 23-6번지였다. 열세 시간의 비행, 인천공항 착륙, 서울역, KTX, 택시……. 쉬지 않고 달려가 멈춘 곳.

"맞아, 여기야. 딱 여기야."

그곳에는 빵집이 아닌 한복집이 있었다. 한복을 맞추러 애리조나에서 날아온 사람처럼 엄마는 한복을 보고 들떴다.

"빵이 아니잖아."

미르가 엄마의 팔을 흔들었다.

"여기에 빵집이 있었다니까."

엄마는 빵이 아니라, 빵집이 아니라, 빵집이 있던 자리를 보러 온 사람 같았다. 사거리를 둘러보며 "음, 여기야. 여기가 맞아" 하고 중얼거렸다.

"서울인 줄 알았는데 여기까지 오다니."

"여기가 맞대도."

"엄마 서울 사람 아니었어?"

"맞아. 서울 사람."

"그런데 빵집은 여길 다닌 거야?"

"나중에 다 얘기해 준대도."

"자주 왔어?"

"한 번도 들어가 본 적은 없어. 몇 번 지나쳤을 뿐."

"그럼 빵은?"

"이 집 빵을 누가 가져다줘서 먹었지."

"누구?"

"여기 빵집 아들이었을걸."

"이었을걸?"

"응."

"자주 그랬어?"

"매일."

"매일?"

"응. 매일."

"어디로?"

"학교로."

"엄마!" 미르는 잡고 있던 엄마의 팔을 뿌리쳤다. "한꺼번에 얘기해 줄 수 없어?"

"다 얘기해 준대도. 빵 먹고."

"없잖아. 빵집도, 빵도."

빵 얘기는 끝난 거라고 생각했다. 다 없으니까. 빵 끝. 그러자 마음이 홀가분해졌다. 한국에 오기로 결정했을 때 느꼈던 개운함의 정체가 바로 이것이었나. 그 빵집과 빵이 없다는 걸 어서 엄마에게 확인해 주고 싶었던 걸까. 투병이 시작되면서 부쩍 는 엄마의 투정들이 어떻게든 하나하나 정리되기를 미르는 바랐다.

엄마는 미르를 데리고 한복집에서 가까운 어떤 집으로 쑥 들어갔다.

"아는 집이야?"

"모르는 집이야."

"근데 왜?"

"오래된 집이니까."

웬일로 현관이 활짝 열려 있었다. 들어가고서야 그곳이 카페라는 사실을 알았다.

간판이 겨우 보였다. 흰 사각 아크릴판에 ANDORH-OFFEE라는 글자가 바랜 금색으로 적혀 있고, 간판 아래에는 '일제 강점기 대전 부윤의 관사'라는 설명이 붙어 있었다.

"대전 부윤?"

미르가 물었고

"대전 시장."

엄마가 척 대답했다. 정말 오래된 집이었다.

"요 앞 한복집 자리에 있던 빵집은 어디로 갔나요?"

미르보다 나이가 훨씬 어려 보이는 카페 카운터 여직원에게 엄마가 물었다.

빵. 끝난 게 아니었다.

"한복집요?"

"아니, 빵집요."

카운터 직원은 한복집도 빵집도 모르는 것 같았다. 오래된 것은 카페 건물이었을 뿐 카페 사람이 아니었다. 엄마는 아무나 붙잡고 물은 셈이었다.

"그 집 이사 간 지 20년도 넘었을걸요."

주방에서 마른 행주를 접던 중년 여성이 미르와 엄마를 내다보며 말했다.

"단팥빵 맛있던 집 맞죠?"

"글쎄요, 그건 모르겠고."

엄마한테만 맛있었던 걸까. 그럼 찾기가 더 힘들겠다고 미르는 생각했다.

"어디로 갔는지 아세요?"

"모르겠어요. 빵집이 거기 있었다는 것만 알지."

주방과의 대화는 계속되었으나 그녀의 대답은 대체로 '모르겠다'는 쪽이었다.

"단팥빵이라면 이 도시에 전국 최고가 있는데요 뭘. 튀김 소보로긴 하지만."

그게 있는데 지금 와서 뭣 하러 없어진 지 20년도 지난 동네 빵집을 찾느냐. 주방 쪽 말은 한마디로 그런 뜻이었다.

"튀김소보로?"

엄마가 고개를 갸웃했다.

———

튀김소보로 집을 찾아가 긴 줄 뒤에 섰다. 기다리는 사람이 많았다. 전국 최고기는 최고인 모양. 그러나 긴 줄을 보자 빵 찾기 순례도 쉽게 끝나지 않을 것 같다는 예감이 들었다.

30여 분을 기다려 빵을 샀다. 빵은 따뜻하고, 표면이 까끌 까끌하고, 고소한 튀김 냄새가 났다. 미르도 엄마도 한입씩 베어 물었다.

표면은 과자처럼 까끌까끌했지만 속은 말캉하고 부드러 웠다. 반죽과 튀김과 팥 앙금의 조화가 맛의 비밀인 것 같았다. 각각의 요소에 기울이는 정성과 기술도 중요하지만, 요소와 요소가 최적으로 어울리는 배합을 찾기란 쉬운 일이 아닐 거라고 미르는 생각했다. 이 집의 제빵사는 그걸 찾아낸 걸까.

미르로서는 말로만 들어 알고 있던 '단팥이 든 둥근 빵'을

처음 먹어 보는 것이었다. 처음인데도 매우 맛있게 느껴졌
다. 하물며 단팥빵을 찾아 태평양을 건너온 엄마에게랴. 두
말할 나위 없이 맛있는 빵이겠지,

입안의 것을 깨끗이 삼킨 엄마가 조용히 말했다.

"아니다, 이거."

미르는 오금이 툭 꺾이려는 것을 꿋꿋이 견뎠다.

"아닌걸."

그러면서 어째 입술까지 싹싹 핥으며 드셨을까. 미르는
다리에 힘을 주었다.

"잘만 드시더만."

"단팥빵이 아니잖니."

"단팥 들었잖아."

"소보로빵이잖니 이건."

"그럼 오지나 말지."

"찾아보자. 있을 거야."

—

그렇게 순례 아닌 순례가 시작되었다. 이삼일 만에 끝날 줄
알았던 단팥빵 찾기는, 이상하지만 한 달이 지나도록 계속되
었다.

찾아보자. 있을 거야.

얼마나 무책임한 말이었던지. 찾는 일은 결국 미르의 몫

이었으니까.

"엄마는 늘 그런 식이었지, 그래 왔지."

미르가 말하면 엄마는

"넌 늘 퍽이나 안 그런 식이었겠다. 안 그래 왔겠다."

하고 비꼬았다.

미르는 할 말이 없었다. 둘은 너무 똑같아서 아옹다옹하지 않는 날이 없었다. 그래도 엄마가 맛있는 단팥빵을 먹고 병이 쑥 나아서 오래오래 같이 살았으면 좋겠다고, 미르는 매일매일 꾸역꾸역 기도했다.

분당의 소문난 단팥빵 이름은 아닌 게 아니라 '신비의 단팥빵'이었다. 신비한 치유의 힘이라도 있다는 걸까. 미르와 엄마로 하여금 복잡 미묘하기 그지없는 기대를 갖게 한 이름이었다.

기대를 들킬까 봐 두 사람은 아무 말도 하지 않고 '신비의 단팥빵'을 하나씩, 기도하는 마음으로, 끝까지 다 먹었다. 그리고 어째서 '신비의 단팥빵'인지 금방 알았다. 팁팁하고 입천장에 달라붙는 빵에다 신비의 단팥빵이라는 이름을 붙인 이유가 진짜 신비하기만 했으니까.

당진에는 '기원의 단팥빵'이 있었다. 단팥빵의 기원이 당나라 양귀비편이라고 해서 붙인 이름이었다.

양귀비 씨앗으로 만든 양귀비편을 특별히 황제가 좋아하여 일반에서는 금하는 떡이 되었는데, 위남에 사는 시평량이

라는 사람이 몰래 만들어 먹다가 지방 별감에게 들켜 부리나
케 통팥을 짓이겨 넣고 꽉 움켜쥐면서 팥떡이라고 우겼다는
데서 유래한 빵이었다.

빵집 주인이 '꽉'을 너무 크게 소리 내어 설명하는 바람에
미르와 엄마는 '꽉'에서 깜짝 놀랐다. 기원의 단팥빵집 홀 기
둥 액자에 쓰인 설명문에는 정작 '꽉'이 빠져 있었다.

여하튼 당진이 당나라 사람들이 드나들던 직항 포구란 뜻
이라서 '기원의 단팥빵'은 지역 이름에 걸맞은 스토리를 갖춘
빵이랄 수 있었는데,

"그냥 팥떡이네 뭐."

엄마의 시큰둥한 한마디로 미르는 기원의 단팥빵을 채 반
도 먹지 못했다.

상주에는 원조 단팥빵집이 있었다. 기원이 아닌 원조.

"이걸 보세요. 여기에 왜 홈이 파인 줄 아세요?"

빵집 주인 남자가 단팥빵 한가운데 옴폭 파인 홈을 자신
의 검지로 가리키며 물었다. 적당히 주름 잡히고 흰 밀가루
가 묻은 남자의 손에서 연륜이 느껴졌다.

"아, 맞아 맞아. 옛날 단팥빵들은 정말 가운데가 이렇게
홈이 파였었지. 어쩜. 와, 그럼 이게 진짜인가 보네."

대답은 않고 엄마는 호들갑이었다. 얼른 보면 도너츠 구
멍 같지만 막힌 구멍이었다. 말 그대로 홈, 엄지손가락으로
지장 찍듯 찍어 누른 자국일 뿐이었다.

"먹을 때 팥 앙금 흘리지 말라고요."

미르가 조용히 답했다. 단팥빵 먹으며 팥소를 흘렸던 적이 있었으니까. 그런데 이건 가운데가 비었기 때문에 팥소를 흘리지 않고도 먹을 수 있었다.

미르의 예리한 대답에 엄마가 한껏 놀라는 중이었으나 빵집 주인이 눈치 없이 초를 쳤다.

"땡."

땡이라니, 뭐지 이건? 미르는 정말 한국의 이런 것까지는 알지 못했다. 땡 같은 거.

"벚꽃 얹었던 자리랍니다."

주인이 말했다.

"벚꽃요?"

"일본 천황이 이 빵을 너무 좋아해서 천황에게 올릴 때 진상품 표시로 가운데 홈을 내고 특별히 벚꽃을 얹었던 거죠."

당나라에서는 황제더니 일본에서는 천황? 단팥빵 이거 간단한 게 아니구나 싶었다. 미르가 물었다.

"일반 사람들은 홈 없는 빵을 먹었고요?"

그때부터 원조 단팥빵집 주인 남자는 신이 나서 연설을 시작했다. 포르투갈인에게 처음 배운 제빵 기술에서부터 단팥빵의 원조인 기무라 집안의 우여곡절한 성공 내력까지. 그리고 천황이 아닌 일반인의 단팥빵에도 벚꽃을 얹어 팔기 시작한 게

"1897년!"

이라고 했다. 그는 흥분해서 당진의 꽉 사장처럼 외쳤다. 1897년!

외치는 빵 사장들이 이상하긴 했지만 하여튼 주인 남자가 왜 자신의 단팥빵에 원조 단팥빵이라는 이름을 달았는지는 분명히 알 수 있었다. 벚꽃 홈!

엄마의 시식 소감은

"나쁘지 않네."

였으나, 주인 남자가 알아듣지 못할 만큼의 아주 작은 목소리였고 그나마도 한국말이 아니었다. 낫 배드(not bad).

다시 순례가 시작되었다. 한국 땅 넓이가 미국의 43분의 1밖에 안 된다는 게 큰 위안이었다. 와이파이가 잘 터진다는 것도.

인터넷을 검색하며 대구, 부산, 전주, 원주를 오르내렸다. 팥소와 빵살이 분리되면서 (밀가루는 부풀고 팥소는 졸아들어) 형성된 빵 내부의 큰 공백 때문에 한번 찌그러지면 여간해서는 원래 모양으로 복원이 안 되던 대구의 '옛날 단팥빵'. 우리 밀 특유의 날내가 오히려 그럭저럭 인상적이었던, 그러나 오븐이 아닌 찜통에 쪄냈던 부산의 '시골 단팥빵'. 기포가 지나치게 곱고 첨가물이 많아서 폭신폭신한 익스프레스 웨이팅 라운지 브레드라고 이름 붙여야 할 것만 같았던 전주의 '차부 단팥빵'. 술지게미와 생막걸리로 반죽했다는 원주의

'양조장 옆 단팥빵'. 이 중에 엄마가 기억하는 '최고의 단팥빵'에 가까웠던 것은 대구의 옛날 단팥빵이었다. 하지만 한 번 찌그러지면 끝내 펴질 줄 모르는 빵의 모양새가 그렇다는 거였지 맛은 아니라고 했다.

"그랜드캐니언의 마른 흙 씹는 맛이잖아."

빵집 순례를 하면서 엄마의 미각은 나날이 까다로워졌다.

"거기 흙은 언제 먹어 봤는데?"

미르가 물었고

"먹어 봤다는 뜻이겠니? 넌 참 어쩌면 그런 것도 아빠를 닮니."

엄마는 눈을 흘겼다. 까다로워진 것도 맞지만 엄마는 날카로워져 있었다.

—

그러나 엄마는 아닌 척했다.

"엄마. 엄마가 찾는 빵 맛은 있지, 이상일 뿐이라고. 이상은 실현될 수 없댔어."

미르가 빵 순례를 만류했을 때도 엄마는,

"저 봐 봐. 김경희의 딸이라는 애가 어쩌면 그런 진부한 표현을 눈 하나 꿈쩍 안 하고 갖다 쓰니. '이상은 실현될 수 없다?' 어휴."

짐짓 태연한 기색을 꾸미는가 하면,

"엄마, 정말 우리가 지금 여기서 뭘 하고 다니는 걸까?"

미르가 실의에 빠지는 시늉을 해도

"뭘 하긴. 한국에 와서 세상에서 제일 맛있는 단팥빵을 찾고 있는 거지."

라며 엄마는 빵 찾기 순례의 의지를 꺾지 않았다.

"단팥빵이 먹고 싶은 거니까 단팥빵 찾을 때는 미르야, 단팥빵만 생각하는 거야. 다른 이유, 의미 그런 건 없어. 살고 죽는 게 그렇듯."

"알았시유."

미르는 서울 출신의 엄마가 가끔씩 쓰던 충청도 말을 흉내 냈다. 길어지거나 터무니없이 심각해지려는 엄마의 얘기를 자를 때, 그럴 때는 '알았어'보다 '알았시유'가 훨씬 효과적이라는 사실을 미르는 잘 알고 있었다. 엄마는 '알았시유'와 '알았슈'를 절묘하게 구분해 딱 그 중간음을 냈지만, 미르는 '알았시유'라고밖에 할 줄 몰랐다.

한국에서의 단팥빵 순례 혹은 배회. 여기에 정말 다른 이유나 의미 같은 것은 없을까. 엄마는 그런 것 없다고 잘라 말했지만 미르는 왠지 뭔가 있을 것만 같았다. 그러지 않고서야 고작 단팥빵을 이유로 한국을 이토록 떠돌겠으며, 떠돌면서도 왜 떠도는지 스스로에게 되묻지 않을 수 있을까.

무언가에 떠밀려서, 아니면 잔뜩 홀려서 돌아다니는 것 같았다. 그 무언가가 무언지는 알 수 없었다. 미르도 엄마도 그것에 심각하거나 진지해지지 않았다. 빵 찾기가 너무도 확고한 사명이라서 새삼 진지할 필요 없다는 듯이.

엄마는 빵 맛에 점점 까다롭고 날카로워졌지만 아닌 척했다. 미르도 아닌 척했다. 어쩌다 지치고 허망해질 때면 대체 왜 이러고 다니는 걸까 슬쩍 푸념을 해 보았지만, 결국은 알았시유로 지레 눙치게 되고 말았다.

"아직도니?"

아직도 그러고들 다니냐고 심각하게 묻는 사람은 전화 속의 아빠뿐이었다.

아빠의 전화를 받는 미르에게 엄마가 물었다. 표정으로.

'언제 돌아올 거냐고 또 묻니?'

미로도 말이 아닌 표정으로 그렇다고 대답했다.

미국에는 언제 돌아올 거냐는 아빠의 전화는 이번이 두 번째였다.

아빠는 윌밍턴에 살았다. 노스캐롤라이나. 애리조나와는 동서로 끝에서 끝. 아주 끝. 봄이면 철쭉이 폭탄처럼 터지는 곳이라고 아빠는 신나서 자랑했지만, 미르와 엄마는 그곳을 한 번도 방문하지 않았다.

"아빠가 빵 맛을 알아? 그렇게만 말하고 끊어."

"아빠가 빵 맛을 아내?"

미르가 말했다.

"뭐?"

아빠가 되물었다.

"아빠가 빵 맛을 아냐고?"

"왓?"

전화기 속에서 아빠가 비명을 질렀다.

미국에 언제 돌아올 거냐는 아빠의 말은 빈말이었다. 미르는 아빠를 1년에 한두 번 보았다. 일 때문에 아빠가 서부로 날아오는 경우였다. 루이지애나풍의 식당에 가서 옥수수 넣은 가재찜을 먹었다. 엄마와 함께였고, 엄마가 좋아하는 음식이었다.

일이 없으면 아빠는 오지 않았다. 미르도 엄마도 상관하지 않았다. 그런 지 오래되었다. 아빠에게는 다른 아내가 있었다.

미국에 언제 올 거냐는 아빠의 말은 쓸데없이 돌아다니지 말라는 뜻이었다. 쓸데 있고 없고는 언제나 아빠의 기준이었다. 그런 말을 할 자격의 있고 없음도 전적으로 아빠 자신의 기준이었다. 미르와 엄마는 역시 상관하지 않았다.

"아빠가 빵 맛을 아냐고 엄마가 물어보래서."

미르는 한 번 더 말하고 "안녕, 아빠" 인사를 하고 끊었다.

———

"여길 가 보자."

미르가 전화를 끊자 엄마가 자신의 휴대전화기에 뜬 화면을 보여 주며 말했다.

나무개제과점.

이번에는 목포였다. 영산로75번길. 열여덟 개의 리뷰가 달려 있었다.

- 새우 바게트는 좀 짜요.
- 보통이에요.
- 특출나게 맛난 건 아님.
- 비싸서.
- 마카롱에 필링 넘 많아서. 초밥에 네타 크면 초밥 먹는 건지 사시미 먹는 건지 모르는 것과 같음. 근데 헐, 맛있음.

리뷰랄 것도 없는 그렇고 그런 댓글들이었다. 그마저도 열여덟 개뿐인.

그런데 엄마는 왜 이런 델 골랐을까. 갈 만한 데는 이제 다 가 보았다는 뜻일까. 그럼 곧 순례도 끝? 미르는 나머지 댓글을 빠르게 훑었다. 그러다가 멈추었다.

- 전설의 단팥빵. 초고수의 맛.

이것 때문 아닐까. 아무래도 그런 것 같았다.

그러고 보니 있을 만한 단팥빵집 이름이었는데 그동안 없었다는 게 이상했다. 전설의 단팥빵.

신비의 단팥빵, 기원의 단팥빵, 시골 단팥빵 이런 것보다 단연 전설의 단팥빵이지 않았을까. 그런데 가장 먼저 눈에 띄었어야 할 전설의 단팥빵집이 안 보였다니. 전설의 짬뽕집은 여기저기 널렸는데.

"어딘가, 응? 조짐이 느껴지지 않니?"

장난스럽고 가엽고 딱한 엄마의 눈빛이 한편 짜증날 만큼 티 없이 깊고 순수해서, 미르는 하마터면 확 빠져들 뻔했다. 마땅히 보였어야 했을 전설의 단팥빵이 이제야 나타난 데는 분명 '예사롭지 않은 조화'가 따랐을 거라고 엄마는 믿고 싶어 하는 눈치였다.

미르도 그게 이상하다고 생각하는 중이기는 했다. 이제야 눈에 띈 것.

"전설이래잖니."

"그러네."

"게다가 초고수라잖니. 고수도 아니고 초고수."

"그러네."

"넌 왜 그렇게 시큰둥하니?"

"하나는 분명히 하자, 엄마."

"뭘?"

"나보고 진부한 표현을 눈 하나 꿈쩍 안 하고 갖다 쓴다고 했지?"

"어."

"전설, 초고수. 이런 거에나 꽂히는 엄마가 나한테 그런 말 할 수 있어?"

"진부하고는 달라 이건."

"뭔데 그럼?"

"진지."

"웃길 거면 목포 엄마 혼자 가. 난 안 가."

"알았어. 알았어. 진부해. 응, 나 진부하다. 인정. 하지만."

"하지만 뭐."

"진부, 즉 묵고 썩은 것도 맛이 나는 게 있거든. 흐흐. 이게 그런 걸 거야. 전설, 초고수."

"그러니까 혼자 가시라고."

"알았다. 알았어. 알았슈."

엄마의 발음은 알았시유와 알았슈의 딱 중간이지만 표기는 불가능했다.

꼬리를 내린 게 억울했던지 열차가 정읍을 지날 때쯤 엄마가 아니꼽다는 듯 말했다.

"아빠한테 물을 때 니가 묻는 걸로 하지, 꼭 엄마가 시켜서 한다는 식으로 티를 내야 하니?"

"뭐가?"

"아빠가 빵 맛을 아내? 엄마가 물어보래서. 이런 식으로 말했어야 했냐고."

"그랬나?"

"인정머리 없기는."

"인정머리하고 그게 무슨 상관?"

"넌 싹 빠지겠다는 거잖니. 엄마 편 안 들고."

"그랬나?"

그러면서 목포에 닿았다.

—

목포에도 없었다.

인터넷에 나온 번지수에 빵집은 있는데 단팥빵이 없었다. 단팥빵만.

나무개제과점에 도착했을 때 제과점 앞에는 등받이 없는 길고 좁은 나무 벤치가 있었고, 그 벤치 위에 똑같은 모양의 벤치가 이중으로 얹혀 있었다.

위에 얹힌 벤치는 한쪽 다리가 없어서 15도 정도 기울어진 채 놓여 있었다. 그리고 얼마 안 있어 기울어진 그 벤치가 저절로 스윽 움직였다. 벤치가 아닌 사람이었다. 남자.

"플랭크 운동입니다."

남자가 날씬하다 못해 납작한 몸을 일으키며 말했다. 그가 입은 가운은 나무색이었고, 가슴 주머니에 Baker BAEK(베이커 백)이라는 글씨가 박혀 있었다.

"단팥빵만 없습니다."

그는 엄마의 물음에 답하고 다시 벤치 위에 엎드려뻗쳐 양 팔꿈치를 직각으로 괴며 빳빳해졌다. 금방 사물이 되어버린 그에게 미르도 엄마도 말을 붙이기가 뭣했다.

"영구결번 같은 거예요."

남자는 엄청나게 힘든 자세에도 고요하게 말했다.

"에?"

엄마가 되물으며 미르를 바라보았다.

'뭐래는 거니?'

미르는 도리질했다.

"전설이 된 스포츠 선수들의 백넘버를 후대들이 영원히 사용하지 않는 거예요. 존경과 불멸의 염원을 담아."

"그래서 단팥빵을 만들지 않는다고요?"

"그렇습니다."

"전설이라든가 결번은 은퇴 후에나 결정될 것 같은데요. BB님은 현역이잖아요."

한동안 남자는 나무 벤치처럼 말이 없었다. 가운이 나무 색이라서 더 그래 보였다.

BB라는 호칭의 뜻을 헤아리는 건 아닐까. 남자의 꼿꼿한 허리에서 미세한 경련이 일었다.

플랭크 운동의 마지막 순간을 버티고 있는 것이었다. 마침내 스프링처럼 튕겨져 일어선 그가 BB가 새겨진 가슴을 쭉 펴고 말했다.

"전설은 10년째 은둔 중이십니다. 저는 그분의 제자고요. 우리는 우당의 조속한 복귀와 단팥빵의 부활을 기다립니다."

"10년이라잖아." 미르는 엄마의 팔을 끌어당기며 속삭였다. "가자."

엄마는 움직이지 않았다. 나무개제과점 안에서 아주 작은 할머니 한 분이 타원형의 커다란 호밀빵을 안고 나왔다.

"전설이 다시 돌아와 만들기 전에는 단팥빵을 안 만들겠단 거군요."

"정확하게 이해하셨습니다."

"모두 그분이 돌아오기를 기다리고 있고요?"

"그렇습니다. 존경과 염원을 담아서요. 이해해 주시니 감사합니다."

"다시 돌아올 날이 당장 내일이 아니라고 할 수는 없는 거잖아요."

엄마는 끈질겼다. '예사롭지 않은 조화'를 끈질기게 믿고 싶은 것일까. 호밀빵 할머니가 걸음을 멈추고 엄마를 바라보았다.

"그렇게 말씀해 주시다니." BB는 금방이라도 눈물을 떨굴 것 같았다. "우리도 그렇게까지는 생각지 못했는데 아, 놀랍고 부끄럽습니다. 하늘이 열리는 희망을 갖게 됩니다. 내일이라니. 그럴 수도 있겠군요. 내일. 감사합니다. 감사합니다."

그가 연신 고개를 숙였다.

"어쩌다 은둔하게 되었을까요?"

엄마가 물었고 BB는 금방 침울한 얼굴이 되었다.

"빵 맛 변한 걸 견디지 못하셨어요. 자신의 솜씨를 스스로 용납하지 않으셨던 거죠."

"역시 그랬군요."

"제가 느끼기에는 전혀 맛이 변하지 않았었어요. 전혀요. 하기야 제가 뭘 알았겠습니까만 우당께서는 고객에게 단 한 개도 더는 팔 수 없다고 하셨지요."

그리고 빵 맛을 되찾기 전에는 다시 나타나지 않겠다며 표연히 종적을 감추었다는 것이다.

그가 만든 빵이 전설이었겠으나 미르가 보기에는 그가 사라지는 방식도 전설이었다. 단팥빵 하나에 그토록 비감해질 수 있다니.

황제도 천황도 단팥빵이었던 걸 보면 단팥빵이란 게 작기는 해도 알량하거나 보잘것없지만은 않은 음식인가 보았다. 단팥빵에 대한 우당의 견해를 미르로서는 감히 짐작할 수 없었다. 이래저래 전설인 사람. 지금도 어디선가 홀로 팥을 삶고, 반죽을 하고, 굽고, 맛을 보며 망연해하고 있을 것만 같았다.

"아, 어떤 맛이었을까."

엄마도 아스라이 망연해졌다.

"저 앞 버드나무 좀 보세요."

BB가 이야기를 시작했다.

———

나무개제과점 앞에 큰 버드나무가 있었다. 치렁치렁한 가지
가 바람에 흔들렸다.

"잘 보면 이파리가 없는 실가지 하나를 찾을 수 있을 겁니
다. 저 끝쪽요. 잘 봐야 해요. 보이세요? 언제부턴가 잎이 돋
지 않아요. 아무리 해가 바뀌어도요."

BB가 말했다. 동해의 한 도시에서 단팥빵의 달인 하나가
나무개제과점을 찾아왔다. 빵 만드는 사람이라기보다는 천
하장사 같은 타입이었다. 실제로 그는 이름 대신 '천장'이라
는 별명으로 불렸다.

나름 단팥빵만을 위한 삶을 살아왔다고 자부하는 천장으
로서는 자신에게 전설의 단팥빵이라는 상호가 주어지지 않
는 것이 못마땅했다. 전설의 단팥빵은 '진짜 전설'에게만 주
어지는 칭호며 상호였고, 진짜 전설이 바로 우당이었다.

전설의 단팥빵 칭호의 주인은 우당이었으나, 우당은 그
상호를 내걸지 않았다. 나무개제과점은 언제나처럼 나무개
제과점일 뿐이었다. 그게 우당의 우당다움이라고 BB는 힘
주어 말했다.

그가 상호를 내걸지 않았지만 전국의 단팥빵 달인들은

전설에 대한 예우로 그 상호를 쓰지 않았다. 남겨 두었다. 그럴 필요까지 있느냐며 누군가 전설의 단팥빵 상호를 달았다가 너나없이 전설의 단팥빵 상호를 다투어 내거는 바람에 전설의 권위만 땅에 떨어졌고, 급기야 스스로 철회하기에 이르렀다.

그러나 새로운 강자가 나타나면 중원의 임자도 바뀌기 마련. 한번 전설이 영원한 전설일 수 없다는 게 천장의 생각이었다. 진실로 단팥빵을 알고 사랑하는 사람이라면 자신의 단팥빵을 거부할 수 없을 거라며, 아침에 만든 단팥빵을 고이 싸 들고 협객처럼 나무개제과점을 찾아왔던 것이다.

제과점 문을 열고 그가 들어섰다. 나무개제과점이 그 한 사람으로 인해 꽉 차는 것 같았다. BB는 그날을 선명히 기억했다.

제과점에 들어와 몇 발짝 옮기던 천장은 어느 순간 제자리에 서서 움직이지 않았다. 그때까지도 BB는 그가 누군지, 왜 왔는지 알지 못했다. 어떤 빵을 찾으십니까? BB가 물었으나 그는 꿈쩍도 하지 않았다. 선 채로 죽어 버린 사람 같았다.

그가 꿈쩍 않자 제과점은 물론 온 세계가 잠시 얼어붙은 것 같았다. 천장은 간신히 숨만 쉴 뿐이었다. 그의 가슴과 복부가 천천히 오르내렸다. 오븐 앞의 우당이 힐끗 그를 내다보았다.

아주 길게 잡아 이삼 분쯤 흘렀겠지만 그것은 어쩌면 천

년이었을지도 몰랐다. 마침내 천장은 천천히 돌아서서 조용히 제과점을 나갔다. 곧장 걸어 앞으로 나아갔다. 아무 일도 일어나지 않았다. 걸어가다가 버드나무 아래 잠시 멈추어 서서, 전철 객차 안의 손잡이를 잡듯 머리 위의 버드나무 실가지 하나를 움켜쥐었다.

움켜쥔 채 잠깐 비틀거리더니 오금이 꺾여 한쪽 무릎을 땅에 살짝 찧었다. 그러나 곧장 일어서서 떠났다. 그것이 전부였다. 그가 움켜쥐었던 버드나무 가지의 이파리가 고스란히 훑어져 땅 위에 떨어져 내렸다는 건 나무개제과점의 직원들 말고도 길을 지나던 이웃들이 보았다.

빵 만드는 과정을 보지 않고도, 빵을 먹어 보지 않고도, 빵 냄새만으로 빵 맛의 모든 걸 알아차리고 조용히 물러난 천장이야말로 단팥빵의 달인 중 달인이며 고수가 아닐 수 없다고 BB는 말했다.

"그런데 이상한 일이 벌어진 거예요."

그가 움켜쥐었던 버드나무 가지, 거기에 새잎이 돋지 않았다. 그 사실은 입소문을 타고 빠르게 퍼져 나갔다. 그러면서 천장의 일화는 아닌 게 아니라 전설처럼 되었고, 나무개제과점과 천장의 동해베이커리에는 전보다 많은 손님이 몰려들었다.

한편에서는 새잎이 안 돋는 게 아니라 손님을 끌기 위해 일부러 나뭇잎을 훑어 버리는 조작된 신드롬이라는 비난마저 일었다. 급기야 한 방송사에서 2월부터 4월까지 해당 버드나무를 저속 촬영했고, 결과는 〈세상에 그런 일이〉 방영 결정으로 이어졌다. 정말 새잎이 돋지 않았다.

"말하자면 그런 맛이었던 거죠."

진지한 표정으로 팔짱을 끼며 BB는 긴 말을 마쳤다.

"……."

엄마는 좀처럼 이야기에서 빠져나오지 못했다.

"어떤 맛이었을까, 하시길래 드린 말씀입니다."

"아, 그런 맛이었군요."

"네, 그런 맛이었습니다."

BB와 엄마의 '그런 맛'이 어떤 걸 두고 하는 말인지 미르는 알 수 없었으나, 엄마가 좀처럼 목포를 떠나지 못할 거라는 예감은 분명했다.

"그래서 나무개제과점인가 보죠?"

"예?"

"버드나무요. 그래서 나무개제과점?"

엄마가 물었다.

"그건 아니고요. 나무개는 목포의 옛 지명입니다. 나주의 남쪽 포구라서 남포, 남개, 나무개라고 했다네요. '개'라는 건 강이나 하천에 바닷물이 드나드는 곳을 말한대요."

"아, 그래서 나무개."

"네. 그래서 나무개."

"저는 나무인 줄 알고. 그래서 BB님의 가운도 나무 색깔이구나 생각했죠."

"제 복장이 나무 색깔로 보이나요?"

"남쪽 남이 뜬금없이 나무가 돼서 나무 목, 목포가 되었다네. 흐으."

이건 할머니의 말이었다. 할머니는 호밀빵을 무릎에 아기처럼 뉘고 벤치에 앉아 노래하듯 말했다.

"이 호밀빵은 언제나 단팥빵이 되려누우."

미르와 엄마는 자그마한 할머니를 바라보았다.

나무개제과점 진열대 벽 액자에 사진과 함께 할머니의 사연이 있었다. 지역 신문 라이프(Life)면 외주 기사였다. BB가 미르와 엄마를 제과점 안으로 안내했을 때 볼 수 있었다. 액자 속 사연의 제목은 〈빵 미라〉였다.

─

보광동에는 우리가 잘 아는 너무도 유명한 열쇠의 달인 최성도 씨의 가게가 있다. 최성도 씨는 어떤 자물쇠라도 여는 신비한 기술로 영국 BBC에 소개가 되었을 뿐만 아니라, 자물쇠를 빠르게 해제하는 걸로도 기네스북에 올랐을 정도다.

지난 4월, 한 여성이 커다란 여행용 캐리어를 끌고 수강로4번길에 있는 최성도 씨의 가게를 찾았다. 자신이 끌고 온 캐리어와 키높이가 같았던 여성의 나이는 88세. 최성도 씨를 만난 그녀의 첫마디는 "끌고 온 게 아니라 끌려왔어"였다.

실제로 여성은 캐리어에 의지하지 않고는 잘 걸을 수도 없을 것처럼 보였다. 그러나 끌려왔다는 의미를 최성도 씨는 곧 알아차렸다. 여성이 가져온 가죽 캐리어가 이태 전 세상을 떠난 사랑하는 남편의 애장품이었던 데다가, 그 안의 물건이 궁금해 견딜 수 없어 했기 때문이었다.

사랑과 궁금증. 그것에 이끌려 온 것이었다. 불편한 몸을 의지해 찾아온 여성의 캐리어는 보기보다 훨씬 가벼웠고, 실제로 아무것도 들어 있지 않은 것 같았다. "뭔가 있어." 뭔가 있기를 소망하는 여성의 눈빛을 최성도 씨는 외면할 수 없었다. 그런 데다 "열 수 있어?"라며 자존심을 은근히 자극하는 바람에 최성도 씨는 대번에 여성의 가죽 캐리어를 활짝 열어 버렸다. 누구도 열 수 없었던 노르만 왕조 시대의 대형 돈궤를 대영박물관의 특별 의뢰를 받아 7분 만에 열어 젖혔던 그답게 7초 만에 가죽 캐리어를 열어 버렸다.

아닌 게 아니라 캐리어 안에는 뭔가 있었다. 여성의 말이 맞았다. 투명 비닐에 싸인 작고 둥글고 납작한 것 하나. 그녀의 눈이 반짝 빛났고, 떨리는 작은 손이 천천히 그것에 닿았다. 그러나 얼른 들어 올리지 못했다. 망설일수록 작고 납작한 것의 정체가 더욱 궁금해졌다.

타계한 남편으로부터 이제 막 도달한 사랑의 전언이기라도 하듯 여성은 골몰해진 눈으로 그것을 오래 바라보았다. 그러고 나서 말했다.

"미라네."

그것은 정말 오랜 시간 부패하지 않고 잘 마른, 작고 납작하고 동그란 것—빵이었다. 너무 말라서 빵이라기보다는 비스킷처럼 파삭해 보였으나, 그것을 싼 투명 비닐에 분명히 '단팥빵'이라고 적혀 있었다.

여성의 간곡한 부탁으로 최성도 씨는 그녀를 제과점까지 안내했다. 빵 미라를 싼 비닐에는 제과점 이름은 없고 오로지 '단팥빵' 세 글자가 써 있을 뿐이었으나, 최성도 씨는 그것이 어느 빵집의 빵인지 알 수 있을 것 같았다. 단팥빵이라면 최성도 씨도 먹어 본 나무개제과점의 전설의 단팥빵이 최고였으니까.

"맞습니다."

빵 미라를 본 나무개제과점의 수석 제빵사 백 씨는 그것이 우당의 단팥빵이 맞다고 했다. 최성도 씨는 수석 제빵사 백 씨가 짓는 시름 어린 표정을 놓치지 않았다. 현실에서 더는 먹을 수 없게 된 빵이라는 걸 최성도 씨도 이미 알고 있었기 때문이다.

안타까운 사실을 알게 된 그녀는 좀처럼 제과점을 떠나지 못했다. 빵이 먹고 싶고, 빵 맛을 알고 싶기 때문이었다. 그래야만 남편이 단팥빵을 캐리어에 남겨 둔 뜻과, 그 단팥빵이 부패하지 않고 고스란히 남게 된 신비를 한꺼번에 알 수 있을 것 같았기에.

빵 미라는 그녀 남편의 커다란 가죽 캐리어와 함께 나무개제과점에 전시 중이며, 그녀는 전설의 단팥빵이 돌아와 빵 미라에 담긴 사랑의 전언이 풀리기를 바라며 날마다 제과점에 들른다.

—

"어떻게 이거가 아니라고 할 수 있겠니."

커다란 가죽 캐리어와 비스킷처럼 메마른 빵 미라를 보는 순간 엄마가 미르에게 한 말이었다.

"이게 엄마가 찾는 걸 거라고?"

미르가 물었다.

"어떻게 아니라고 할 수 있겠니."

"맛을 볼 수 없다잖아."

"영원히 그럴 수 없는 건 아니잖니."

"영구결번이라고 했잖아."

"전설이 돌아와 다시 빵을 만들면 영구결번이 아니지 않겠니."

"그때까지 기다리자고?"

"찾아야 하지 않겠니."

"엄마! 언제까지 니, 니, 니로 말 끝낼 건데?"

"그랬니? 아, 미안하다 미르야. 니로 안 끝낼게. 아이참, 왜 니로 다 끝냈을까."

곁에서 듣고 있던 BB가 수심 반 웃음 반의 표정을 지었다.

"사실은 한 번 세상에 나오셨었습니다."

엄마의 눈이 반짝 빛났다.

"전설께서요?"

"예. 저 기사를 쓴 기자의 고참 선배가 간곡히 부탁했기 때문이지요. 권유라기보다는 거의 협박에 가깝긴 했지만요."

"협박?"

"나와서 다시 단팥빵을 만들어야 한다는 그때 선배 기자의 논리는 우당은 물론 아무도 반박할 수 없을 정도였으니까요. 논리나 협박이라기보다는 충정이었다고 해야겠지요. 선생님의 빵을 기억하며 기다리는 이웃들의 간절한 소망이 거리에 가득했으니까요. 저 할머니는 빵 맛을 모르면서도 매일 기다리시는데 빵 맛을 아는 사람들은 오죽했겠습니까. 저분의 남편께서도 처음 빵 맛을 보고는 놀랐던 것 같습니다. 제 생각에 캐리어의 빵은 아내에게 맛보일 용이었던 것 같아요. 그러나 캐리어 속에서 미라가 되어 버리고 만 사정은 저도 궁금해요."

미르는 제과점 창밖을 내다보았다. 초가을 볕이 거리를 적셨다. 나무 벤치에 앉은 할머니의 살짝 굽은 등과 작은 어깨에도 볕이 내려앉았다.

언제 먹어 보게 될지 모를 빵. 빵 기다리는 일에 남은 생을 몽땅 할애하는 것처럼 보이는 할머니의 작은 등과 어깨가 애틋하고 절실했다. 어딘가 조금은 무서워 보였다.

미르는 버릇처럼 인터넷 사전을 열어 충정이라는 말의 뜻을 검색했다. 애틋과 절실도 검색했다. 그리고 할애도.

할애의 한자는 割愛였다.

"그런데 빵 맛이 생각처럼 안 나왔던 모양이지요?"

엄마가 물었다.

"말없이 화이트 가운과 위생모를 벗고, 지쳐 굽은 등을 보인 채 우당은 저 거리의 끝으로 표연히 사라지셨어요. 그 뒤로는 거처도 알 수 없게 되었고요."

생의 마지막에 단팥빵이라니. 미르에게는 할머니나 우당이나 '단팥빵과 생'을 나란한 걸로 여기는 사람들로 보였다. 단팥빵 그거 하나가 뭐기에.

부질없다기보다는……. 미르에게 갑자기 생각이 떠올랐다. 그런 거 아닌가, 하는 생각. 산다는 게.

생이라고? 거기엔 거창한 이유 따위 없을 수 있고, 있다면 단팥빵에도 있을 수 있는 거 아닌가.

왜 이런 생각이 떠올랐는지 미르는 금방 알아차렸다. 얼굴이 살짝 화끈거렸다. 생의 마지막에 단팥빵을 찾고 있는 사람은 엄마 경희였다. 그런 엄마를 따라 한국의 단팥빵집을 순례하는 것이 다름 아닌 미르 자신이었고. 우스운 일이지만 그래서 그랬던 것이다.

———

이곳에 얼마간 머무를 수밖에 없겠구나.

미르는 버드나무를 바라보며 생각했다. 버드나무와 빵 미라의 디테일이 엄마가 이곳에 머무를 필요를 넘치게 충족시

킨 것 같았으니까.

'얼마간'이 얼마간인지 미르는 알 수 없었다. 생각하지 않기로 했다. 그때가 되어야 그때를 알 수 있을 테니까.

엄마와 미국을 떠나 이곳 한국으로 향할 때도 그랬다. 엄마는 폐암 말기 환자였고, 연명 의료를 중단한 지 3개월째였으니까. 그러니까 모든 건 그때가 되어야 그때를 알 수 있는 거였다.

엄마에게 '이곳'은 목포겠지만 미르에게 '이곳'은 나무개제과점이고 싶었다. 엄마가 확신하고 기대하는 단팥빵이 생겨난 곳이고, 다시 생긴다면 가장 먼저 생길 장소였으니까.

나무개제과점에서 빵 냄새 맡으며 빵 만드는 일을 돕다 보면 전설에 대한 작고 희미한 소문과 기별마저도 놓치지 않을 것 같았다. 그를 찾아 컴백을 권유하고 싶었다. 협박이라 해도 좋으니 '충정'을 다하여. 미르가 나무개제과점에 임시로라도 적을 둔다면 누구보다 엄마의 마음이 편할 것 같았고.

"그러니까 저는 이곳에서 일해야 합니다."

다음 날 미르는 나무개제과점의 BB를 찾아가 말했다.

"어머니는요?"

"게스트하우스에서 이미 기약 없는 투숙을 시작한걸요."

"우당은 쉽게 세상에 나올 분이 아니에요. 10년이잖아요, 벌써."

"알아요. 하지만 내일 돌아오시지 않는다는 법도 없잖아요."

미르는 엄마처럼 말했다. 그리고 호밀빵 할머니의 소망도 같지 않겠냐고 했다. 뿐만 아니라 전설의 단팥빵을 기다리는 모든 이들의 마음도 한결같을 거라고.

"그렇기로서니 내일부터 나와서 일하라고 말할 사람처럼 보여요, 내가?"

"그렇게 보입니다."

"허어." BB가 웃었다. "이름도 모르는 사람을?"

"미르예요. M-Y-R-R-H."

"미국에서 왔다는 건 알겠는데, 이름이 어째 모두 자음일까?"

"M-Y-R-A-H. 엄마는 미라라고 짓고 싶었다는데 아빠의 타이핑 실수로 미르가 된 거예요. 그러나 모음 앞의 Y는 자음이지만 자음 뒤의 Y는 모음이에요."

"음, 미라."

"출생 신고부터 아이 참, 미스테익이었죠. 복잡해. 지금도 복잡하고 미스테익에다 미스테리고 좀 그래요. 엄마, 아빠, 내가요. 그러니 저는 이곳에서 일해야 합니다."

"막 가져다 대는 투네요, 말이."

"외국에서 태어나 자라서 그럴 거예요."

"그런 것 같지는 않은데."

"이름은 미스테익이라도 일은 실수 없이 할게요. 나와도 되죠?"

"어딜 봐서 내가 그러라고 말할 사람처럼 보이냐고 물었을 텐데요?"

"표연히, 라는 말을 썼잖아요."

"그게 무슨 상관?"

"정확하게 이해하셨습니다, 라고도 말했잖아요. 하늘이 열리는 희망을 갖게 됩니다, 라고도 했고요."

"그게 미르 씨를 채용하겠다는 말인가요?"

"BB의 말이 한국 사람이 흔히 쓰는 말투가 아니어서 하늘이 열리는 희망을 갖게 되었어요."

"역시나 막 가져다 대는 화법."

"딱딱 맞는 말보다는 잘 안 맞는 말을 할 때 소망이 이루어지곤 했으니까요."

"자꾸 BB라고 하는데, 미국에서는 사람을 그렇게 이니셜로 불러요?"

"그래서가 아니라."

"아니면요."

"빵 같아서요. BB."

"그건 한국 사람 마인드잖아요. 자음 두 개로 겹글자 만드는 거. SS 쌍용. TT 뚝섬. DD 떡볶이. BB 빵. 미국서 나고 자란 사람이 그런 걸 써요?"

"발음은 잘 모르겠고요, 맛있는 식빵 둘을 세로로 나란히 세워 놓은 모양 같잖아요. BB.”

“BB에 대한 상상도 서로 안 맞았네요. 빗나갔네.”

“그러니 어딘가 맛이 나죠.”

“맛?”

“예상치 못한 맛이요. 색다른 맛.”

“막 가져다 대는 게 재주인가 보네요. 그런데 그러고 보니……."

“?”

“이것도 빗나가기는 마찬가지였네요.” BB가 자신의 가운을 가리키며 말했다. “미르 씨 어머니는 이걸 나무 색깔이라고 했는데, 아니니까요.”

“아니면요?”

“빵 색깔.”

“봐요. 그러니까 갑자기 확 다른 맛이 나잖아요.”

———

그-리-하-여, 미르는 나무개제과점의 임시 종업원이 되었다. 미르와 엄마는 제2, 제3의 호밀빵 할머니가 된 셈이었다. 단팥빵을 기억하는 수많은 이웃과 함께 매일매일 전설의 귀환을 기다렸다. BB도 미르로 인해 전설의 귀환이 앞당겨질 수 있다고 생각한 걸까.

미르가 나무개제과점에서 하는 일은 간단했다. 그러나 직원 중 몸은 가장 많이 움직이는 편이어서 저녁이면 녹초가 되었다. 어떤 일이든 그것이 돈만을 위한 일이라는 생각이 들면 때려치우고 말던 성격이어서 미국에서도 힘들게 일해 본 적이 없었다. '일하지 않고 살 수만 있다면 무슨 일이든 할 수 있다'는 (말도 안 되는 이상한) 말을 밥 먹듯 해서 엄마의 속을 뒤집어 놓던 미르였다.

"앞의 일과 뒤의 일은 다른 일이잖아. 그 차이를 명확히 알아야 내 인생관을 이해할 수 있거든."

"인생관씩이나."

일. 엄마와는 늘 그 문제로 티격태격했다. 그럴 때마다 미르는 모든 유대인 강제수용소 정문의 'ARBEIT MACHT FREI(노동이 그대를 자유케 하리라)'라는 문구를 외쳤다.

기만이라는 거였다. 뻥. 세상에 만연한 모든 '성실 근면'의 문구도 마찬가지라며 깊숙이 숨은 현대판 나치스의 음흉한 선동에 굴하지 않겠노라, 바틀비(허먼 멜빌의 소설 속 인물이라는데 엄마는 꿋꿋이 읽지 않는 작품이었다)처럼 말했다. '그렇게 안 하고 싶습니다.'

미르와 엄마 사이에는 엄청 깊은 의식의 크레바스랄까, 비약의 틈이 놓여 있었다. 그러나 모녀였고, 서로에게 유일한 최소 2인 생활 공동체의 일원이었으며, 심연처럼 깊은 간극을 사이에 두고 손을 맞잡은 혈육이되, 한쪽은 혈기 왕성하고 한쪽은 빠르게 죽어 가는 중이었다.

'이게 일일까?'

미르가 하는 일이란 테이블을 치우고 닦고 쓰레기통을 비우는 것이었다. 2층으로 오르는 계단의 스무 항아리도 넘는 스킨답서스와 아이비에 일일이 물을 주고, 벤자민 잎을 한 잎 한 잎 끝까지 세어 가며 반들반들하게 닦아야 했다.

벤자민뿐만 아니라 벤자민이 자라는 2층 홀의 커다란 도자기 화분들도 반짝반짝 빛나게 닦았다. 하나같이 목포국제도예공모전에 입선한 작품들이어서, 닦으면 닦을수록 신비한 광채가 났기 때문에 자꾸자꾸 닦았다.

나무개제과점 출입문은 그 거리의 어떤 점포의 출입문보다 크고 높고 무거웠는데, 금장식의 출입문인 만큼 둥근 막대 형식의 긴 금색 손잡이가 세로로 붙어 있었다. 유리를 닦고, 금색 창살을 닦고, 마지막으로 고객의 손이 가장 많이 닿는 긴 출입문 손잡이를 싹싹싹싹 반들반들 닦았다. 그러고 나면 숨이 턱에 받혔다.

그러면 얼른 작은 사거리로 뛰어나가 휴대폰 할인 매장을 등지고 유달산 정상을 바라보았다. 하늘을 향해 성난 이빨을 드러낸 것 같은 유달산 정상의 괴석을 바라보며, 미르는 자신의 성난 이를 드러내고 중얼거렸다.

"이게 일일까?"

돈을 벌기 위해 직장의 질서를 따르거나 매니저의 지시에 응하는 것이라고는 할 수 없었다. 더구나 기만의 '자유'를 위해 굴욕의 '노동'을 제공하는 것도 아니었다.

　나무개제과점에 머무는 건 머무름이라기보다는 기다림이었고, 기다림이라기보다는 찾기였다. 전설에 관한 깃털 같은 단서라도 생기면 지체 없이 찾아 나섰다. 애당초 BB와의 약속이 그랬다. 미르는 나무개제과점에서 일하는 직원과도 달랐고, 손 놓은 채 전설의 단팥빵을 기다리기만 하는 이웃과도 달랐다.

　그러나 다르게 보면 아무리 전설의 단팥빵이라고 해도, 죽어 가며 마지막으로 먹고 싶은 게 그 단팥빵이라고 해도, 모든 걸 작파하고 외국과 다름없는 한국에서 전설의 초고수만 찾는다는 건 어딘가 좀 우스운 데가 있었다. 미르와 엄마는 그러고 있었다.

—

그렇게 한 달을 넘기고 있었다. 단팥빵 전설을 찾는 일은 갈수록 힘들어졌다.

　실은 처음부터 어렵고 맹랑한 일이었다. 처음이라서 '하늘이 열리는 희망'이랄지 패기라는 이름의 치기를 갖고 덤빌 수 있었다. 그러나 오래가지 않았다. 소식이든 소문이든, 그것이 크든 작든, 전설에 관한 것이라면 대부분 부정확한 사실이거나 낭설에 지나지 않았다.

　우당과 가깝게 지냈고 한 번은 그를 세상으로 이끌어 냈다는 선배 기자부터 찾아갔던 것은 물론이었다. 전설을 찾거들랑 나한테 응? 제일 먼저 연락을 주시오. 그럴 거지요? 꼭 그럴 거지요? 선배 기자라는 사람이 되레 미르에게 한 말이었다. 그는 현직에서 은퇴해 마을 음식 정보지를 만들고 있었다.

미국에서 온, 이름도 희한한 미르라는 젊은 여성이 전설을 찾고 있다는 소문이 퍼지자 도움을 주기 위해 일부러 나무개제과점에 들르는 사람들이 있었다. 전설이 졸업한 금산 추부초등학교의 위치를 알려 주며 거기 학적부를 뒤지면 뭔가 분명 단서가 있을 거라고 은밀한 눈빛으로 말하는 사람이 있는가 하면, 전설이 군 생활을 할 때 병영 바깥의 민간인 과수원에서 천도복숭아를 따 먹다 군기교육대에 입소한 일이 있는데 그때 친해져 최근까지 만나 왔다는 군기교육대 동기의 주소를 알려 주는 이도 있었다.

그러나 전설은 금산 추부초등학교가 아닌 군북초등학교 출신이었으며 그곳 학적부에도 이렇다 할 특기 사항이 없었다. 어렵게 군기교육대 동기를 만나기는 했지만, 전설의 동기는 '밥을 많이 먹어도 배 안 나오는 여자' 어쩌고 하면서 전설이 잘 불렀다던 변 누군가 하는 가수의 아주 긴 노래를 두 번이나 불렀다. 그리고 전역한 뒤로 전설을 한 번도 못 만났노라고 했다.

한번은 이런 적도 있었다. 비가 오는 날 나무개제과점을 찾아와 치즈타르트에 뜨거운 아메리카노를 맛나게 마시던 중년의 남성이 말했다.

"나는 시골 초등학교를 다녔는데 말이오, 어쩌다 방과 후에 학교에 다시 들른 적이 있었단 말이지."

그는 독백하는 무대 위의 배우처럼 말했다.

"왜 들렀었는가 그건 몰라. 하여튼 아이들이 모두 집으로 돌아간 텅 빈 시골 학교의 운동장에 홀로 서 있었어."

말하는 중간중간 그는 타르트를 오물오물 씹고 커피를 호로록 마셨다. 그것도 연기의 일부 같았다. 눈빛은 진지했다.

"기묘한 텅 빔이었지. 그런 느낌을 알랑가 모르겠네. 몇 시간 전까지만 해도 아이들로 시끄럽게 북적거리고 선생님들의 호통이 가득했던 학교가 귀가 멀 것 같은 적막에 감싸여 있었단 말이오. 암, 몇 시간 전이었고말고. 그런데 나는 왠지 수천 년, 아니 수억 년이라도 지나 그 자리에 다시 선 것 같은 기분이었다오. 나이는 한 살도 더 먹지 않은 채로. 그러니 기분이 막 이상해. 이상했지. 온몸에 실지렁이가 기어 다니는 것 같고. 그런데 더 이상한 건, 그런 기분이 되자 세상의 모든 이치를 한꺼번에 깨달을 것만 같았단 말이지. 궁금한 모든 것을, 알고 찾고자 하는 모든 것을 찾을 것만 같았다오. 하지만 그게 무서워 나는 외려 울기만 했소. 생각해 보오. 안 무섭겠소? 그래서 울었던 거요. 울음소리를 삼키기 위해 이를 악물고. 알고 깨닫고 찾게 되는 게 왜 그리도 두려웠을까. 지금 나는 나이를 먹어 이미 그때의 소년은 아니오. 그래도 다시 방과 후 텅 빈 학교 운동장의 적막 가운데 서면 그럴 수 있을까요. 알 수 있을까요. 찾을 수 있을까."

그는 어쩌면 며칠 뒤에 있을 아마추어 연극 공연의 대사를 외고 있었던 건지도 몰랐다. 딱히 미르가 들으라고 한 말도 아니었으니까.

그런데도 미르는 다음 날 오후 압해도의 동초등학교까지 갔다. 혼자 버스로 다녀올 수 있는 곳인 데다 압해도라면 시골 초등학교의 분위기가 날 것 같아서. 방과 후 시간에 맞추어.

방과 후 동초등학교의 풍경은 아닌 게 아니라 '기묘한 텅빔'을 만끽하기에 충분했다. 울음이 나왔다는 소년의 기분을 알 것도 같았다. 거기에는 아무것도 없었다. 아무것도. 왜 그런지 미르는 알지 못했다. 학교 건물과 운동장과 철봉과 축구 골대가 있었으나 어째서 아무것도 없는 것과 다를 게 없다는 생각이 들었는지.

지금까지 알던 모든 것이 증발하듯 하얗게 사라지고, 지금까지 몰랐던 새로운 것들이 텅 빈 운동장에 가득 찰 것만 같은 두려움. 그 두려움 안에는 물론 전설에 대한 기대가 있었다. 그의 최근 행적이나 향방에 관한 힌트나 단서들이 널따란 운동장에 계시처럼 눈처럼 내려 쌓이길 바랐을까.

하지만 그럴 리 없었다. 방과 후 초등학교의 교정은 그저 텅 비었고, 그저 적막했고, 그 한가운데 미르 홀로 서 있을 뿐이었다. 그뿐이었다.

알게 된 것이 있다면 남성의 연극 대사 같던 말 따위에 주책없이 흔들릴 만큼 자신의 처지가 딱하다는 사실이었다. 마침내 이런 정도에 이르고 말았단 말인가 하는.

과연 무엇이, 목포의 제과점에 머물게 하는 것도 모자라 섬마을의 작은 초등학교 운동장에 홀로 서게까지 했는지 미르로서는 알 수 없었다. 그러나 그 되어 가는 형편이 우습고 어이없다는 것만은 간신히 깨달을 수 있었다. 알게 된 것이 있다면 그것이었다.

그동안 어땠냐 하면, BB를 미행할 정도였다.

전설 찾기에 진척은 없고 슬슬 기다림에 지쳐 가자 미르의 상상은 점점 이상한 쪽으로 발동했다. BB가 전설의 행방을 모를 리 없다는 쪽으로.

그를 미행하다가 엉뚱한 장면과 맞닥뜨리기도 했다. 동명동 150번지 일대였던가. 목포역 뒤쪽 스위스모텔, 무등모텔, 대양파크모텔 등이 밀집한 지역 바로 다음 블록이었다.

그곳은 좀 놀라웠다. 비교적 높고 번듯한 숙박업소들 뒤에 고스란히 감추어진 원주거지라니. 버려진 조가비들처럼 집들은 일정한 크기도 방향도 없이 땅 위에 낮고 촘촘히 박혀 있었고, 집과 집 사이의 비좁은 골목길들 중 직선의 모양을 띤 건 정말이지 하나도 없었다.

설마 전설이 이런 곳에? 술래잡기에 안성맞춤인 곳이었다. 숨기에 좋은 곳. 누군가를 미행하는 데도 더없이 매력적인 장소였다. 미르는 곧 전설과 마주칠 것만 같았다.

어느 순간 미르는 반사적으로 걸음을 멈추고 몸을 숨겼다. 미르를 놀라게 한 것은 BB 앞에 나타난 미모의 젊은 여성이었다. 수많은 골목길 중 역시 좁은 한 골목의 낮고 어두운 건물에서 나온 눈부신 여성. 그렇게밖에 말할 수 없을 것 같았다. 눈부신 여성. 장소가 장소였기 때문일까. 여성의 출현도, 출현한 여성도 비현실적이었다.

여성은 BB를 보고 웃었다. 웃음 안에 그들 관계의 모든 비밀이 들어 있었다. 다른 나라에서 태어나 여태껏 살아온 미르였지만, 대한민국 목포시 동명동 원주거지 여인의 웃음에 담긴 모든 것을 1초도 안 되어 다 알아 버렸다.

미르는 부리나케 미로 같은 골목을 벗어났다. 그래야만 했다. BB가 만난 사람이 전설이 아니었던 것만은 틀림없었으니까. 미르가 맞닥뜨린 장면이 엉뚱했다기보다는 BB를 의심하여 미행까지 했다는 사실이 더 엉뚱했다는 것을, 정신없이 골목을 벗어난 뒤에야 비로소 알게 되었다.

그토록 딱한 사정에 이르렀음을 텅 빈 운동장만큼 미르를 절실하게 일깨운 건 없었다. 미르는 압해도 동초등학교 운동장 한가운데에 꽤 오래도록 서 있었다.

—

그래서였을 것이다. 윤중업이 떠올랐던 것은.

학교 운동장에서 그가 떠올랐던 건 아니었다. 미르는 윤중업이 떠오른 시점을 분명하게 기억했다.

압해도 동초등학교를 다녀온 날 저녁이었다. 야채수프에 베이글을 조금 찍어 먹고 엄마는 일찍 잠들었다. 엄마는 기력이 많이 떨어져 있었다. 한국에서의 일정이 무리였다. 단팥빵 순례가 끝나기 전 엄마의 숨이 먼저 끊어지는 건 아닐까. 그래서 미르는 더 조급했는지도 몰랐다. 은혜를 베푼 BB에게 차마 그런 결례까지 범하게 되다니.

잠든 엄마의 초췌한 얼굴을 들여다보았다. 단팥빵마저 이제는 내려놓아야 할 때가 아닐까. 엄마가 원하던 단팥빵은 이미 찾을 수 없었고, 마지막 기대를 걸어 볼 전설의 단팥빵은 아득했다. 얼마 남지 않은 여생이나마 편안하려면 단팥빵은 추억의 단팥빵으로만 간직해야 하지 않을까.

학교 운동장에서 했던 딱한 생각들 때문이었을 것이다, 윤중업이 떠올랐던 이유는. 단팥빵 찾기와 기다림에 지쳤고, 지치면서 마침내 미르에게 얼마간 정신이 돌아온 것이었을 수도. 한국에 온 지 얼마나 되었던가, 미르는 손꼽아 보았다.

단팥빵의 미련을 놓아 버리는 것이 엄마가 해야 할 일이라면 미르가 해야 할 일은 단팥빵 찾기를 그만두는 것이었다. 엄마나 미르나 마음에서부터 단팥빵을 내려놓는 것. 엄마의 잠든 모습을 보며 그런 생각을 하는 사이 윤중업이 떠올랐던 것이다.

떠올린 것이 아니라 떠올랐다. 윤중업은 그동안 미르의 의식 범주 안에 있지 않았다. 무언가에 마구 홀리고 떠밀리듯 숨 가빴던 단팥빵 순례. 그런 사정이 윤중업에 대한 기억을 허락하지 않았다.

단팥빵에 지레 눌리고 가려져서 단팥빵과 관련 없는 것이라면 인물이든 사연이든 깊고 어두운 휘장에 묻혀 있었겠지. 그랬던 것이 피로로 약해진 의식의 수막을 뚫고 떠오른 것 아닐까. 한국에 오면 연락하라며, 한국에 오게 되면 400여 년 전 원이 엄마의 편지와 짚신을 보여 주겠다던 윤중업의 약속이.

압해도 동초등학교에서는 아니었으나 그날 저녁 윤중업의 약속이 떠올랐던 건 아무래도 그 텅 빈 운동장의 기묘한 적막감 때문이었을 것이다.

———

그를 만났다. 5년 전 애리조나 피닉스 스카이하버 공항에서 처음 봤을 때 자신을 로이라고 소개했던 사람. 명함에는 윤중업으로 적혀 있던 사람. 당시 그는 인디언 마을을 취재하기 위해 잠깐 미국에 들른 문화 칼럼니스트였고, 유타대학교 학생이었던 미르는 안내와 통역을 맡았다.

한국에서 그를 다시 만났다.

그런데 그가 전설이었던 것.

나무개제과점의 은둔 제빵사, 우당.

미르가 몰랐던 그의 이름이 따로 있었다. 그는 로이였고 윤중업이었고 윤정길이었다. 금산의 추부초등학교와 군북초등학교, 그리고 그의 군기교육대 동기를 찾아갈 때 미르가 들고 갔던 이름이 그거였다. 윤정길.

그토록 찾아 헤맸던 사람이 5년 전의 로이, 윤중업이었다니.

뭐지?

미르는 길 위에 서서 중얼거렸다.

뭘까 이게?

버스가 지나갔고 은행잎이 떨어졌다.

가을이 깊었다. 언제부터 길 위에 서 있었는지 미르로서도 알 수 없었다.

은행잎 하나가 발등에 떨어졌으나 미르는 그것을 보고 있지 않았다. 미르는 아무것도 보고 있지 않았다. 버스도 나뭇잎도 길을 오가는 사람들도 파란 하늘도.

눈에 보이는 무언가가 궁금하여 "뭘까 이게?" 하고 중얼거린 게 아니었다. 조금 전까지 자신에게 일어났던 사태. 전설이 로이였고 윤중업이었다는 것. 그것을 믿을 수 없어 스스로 묻는 것이었다. 뭐지?

정길
1

자미자미 오 테

미르를 기다렸다.

　이제는 꿈속의 모습으로나 기억하는 미르. 허쉬그레이 톤의 뷔스티에 롱원피스를 입고 초원의 끝을 향해 서 있는 뒷모습.

　5년 전 6월의 미르는 매일 청바지였다. 줄기차게 청바지였던 것만 봐도 롱원피스 같은 것은 그녀의 취향이 아닐 것이다. 그런데 어째서 꿈속에서는 롱원피스였을까.

　미르의 실제 모습을 떠올려 보곤 했으나 그동안은 꿈속의 영상만 간신히 떠올랐다. 미르가 향한 대초원의 끝자락에서는 바이슨이라고 불리는 아메리카 들소 무리가 긴 줄을 지어 느릿느릿 지나갔다. 청바지 말고 또 하나 분명한 게 있다면 꿈속에서의 긴 머리와 달리 미르의 실제 머리는 숏커트 뱅헤어였다는 점이다.

정길은 모르지 않았다. 어째서 실제의 모습이 아니며 그나마도 뒷모습이었는지.

오랜 시간 지우려 애썼으니까.

미르는 지구 반대편에 살며, 정길보다 스물네 살이나 어렸다. 지울 수밖에 없었다. 13일의 여정을 함께했을 뿐이다. 안내와 통역. 그런 미르가 한번 떠오르면 천장의 조명처럼 환하여 여간해서는 꺼지지 않았으므로, 그랬으므로, 지우려 애쓸 수밖에 없었다.

5년이 흘렀고 미르는 희미해졌다. 바이슨 무리가 아른아른 줄지어 지나가는 초원 위의 여인도 미르라고 할 수 없었다. 허리까지 닿는 긴 머리에 뷔스티에 롱원피스라니. 그것은 지우려 애썼던 세월이 남긴 푸슬푸슬한 정념의 흔적 같은 것일 뿐이었다. 누군가의 구체적인 이미지와는 거리가 먼.

———

"보고 싶어요."

미르의 힘찬 첫마디였다. 전화기 속 음성이 굵고 긴 바늘이 되어 정길의 명치를 찌르고 들어왔다. 한국이라고 했다.

"그래야지. 그래야 하고말고."

아무 생각도 나지 않았다. 미르에게 반말을 했었는지, 그동안 그녀를 지우려 애썼는지 그런 것들. 바늘이 명치를 깊숙이 찌르고 들어오기 전까지는 미르가 정말 희미하고 푸슬 푸슬한 흔적에 지나지 않았었는지 어쨌는지 그런 것들 모두 생각나지 않았다.

미르의 목소리를 듣는 순간 최면에서 깨어나듯 모든 것이 밝고 명료하고 가까워졌다. 기정사실이 되었고, 코앞의 현재 가 되었다.

"찾아뵙고 싶어요."

"여긴 먼 시골이거든. 내가 올라가는 게 낫겠어."

한두 마디에 5년 전 6월의 느낌이 고스란히 살아났다. 평 원 보호 구역 표지판에서 포즈를 취하며 웃던 미르, 바이슨 의 윤기 나는 거대한 배설물을 보고 팔짝팔짝 뛰며 놀라워하 던 미르, 인디언 족장의 붉은 깃에 매료되어 오세이지 부족 대표를 졸졸 따라다니던 미르. 청바지. 뱅헤어. 한순간도 잊 힌 적 없으며 단 한 차례도 지워지지 않았다는 듯 기억 속의 미르가 거침없이 툭 튀어나왔다.

그것은 어떤 면에서는 정길의 패배를 의미하는 것이었다. 잊고 지우려 애썼던 지난 5년의 미덥지 못한 패배. 그러나 패배에서는 조금도 쓴맛이 나지 않았다.

패배감이 무얼 요구하는지도 정길은 알 것 같았다. 체념 아닐까. 애써 잊거나 지울 필요 없다는. 그런 의지 따위 체념 하라는. 그럴지도 몰랐다. 어쩌면 잊고 지우고자 했던 시간 만큼 속으로는 못내 그것의 반대쪽을 염원해 왔었는지도.

"거기가 어딘데요?"

미르가 물었다.

"능주라는 곳. 전라남도 화순이야."

"능주, 화순……."

미르는 한동안 침묵했다.

"여보세요."

정길이 가만히 불렀다.

"한 시간 25분이네요."

미르가 말했다.

"응?"

"한 시간 25분. 자동차로요. 여기서 로이 있는 곳까지. 네이버 길 찾기."

"한 시간 25분. 거기가 어딘데?"

"목포."

"서울 아니고?"

"목포."

"아."

정길은 탄성을 흘렸다.

'가까운 곳에 있구나!'

'그래, 내 이름이 로이였지!'

두 가지 뜻이 담긴 탄성이었을 것이다.

피닉스 스카이하버에서 미르를 처음 만났을 때 내 이름은 로이, 라고 정길은 터무니없이 당당하게 말했었다. 불쑥 튀어나온 말이었다. 로이. 모자라는 학점을 채우기 위해 졸업 전 한 학기 영어 회화를 수강했는데 그때 골라잡은 이름이었다. 미국 선교사 출신의 여자 강사는 자국에서 쓰이는 남녀 이름이 각각 100개씩 적힌 리스트를 갖고 다니면서 창씨개명을 해 주었다.

정길은 패트릭인가가 좋아 보여서 그걸 짚었는데 강사는 "오케이, 로이" 하면서 패트릭 위에 적힌 이름을 출석부에 적었다. 오케이 그럼 뭐 로이, 하며 정길도 받아들였다. 어차피 한 학기 동안 일주일에 두 시간만 쓰일 이름이었으니까. 그랬던 이름이 미국 땅에서 생각지도 않게 튀어나왔던 것이다.

"내가 목포로 갈게."

의기양양하게 말했다. 내 이름은 로이, 라고 말했을 때처럼.

정길은 미르 앞에서라면 속마음과는 다르게 터무니없이 당당해지려는 버릇이 있었다. 복잡하고 난감한 심경을 말로나마 억지로 덮어 버리려는 듯이. 그녀에 대한 정길의 속내가 미묘하고 심각해질수록 그의 말은 외려 간단하고 명료해졌다. 미르의 목소리를 듣자 잊혔던 버릇까지 자연스럽게 튀어나왔다.

"한국은 처음이지만 잘 돌아다녀요. 한 달 넘게 정말 돌아다니는 공부 너무 많이 했으니까. 로이가 있는 곳에도 가 보고 싶은 거죠."

목소리에서나마 미르의 달라진 점을 찾아보려 했지만 미르의 말투도 여전하기는 마찬가지였다.

안도와 불안이 스쳤다.

—

미르는 기차를 타겠다고 했다.

목포역 09:28 출발, 능주역 11:12 도착.

웰던 식빵에 버터를 바를 때 간단한 문자가 정길의 휴대전화에 찍혔다.

정길은 천천히 빵을 씹고 토마토와 파프리카를 발사믹 글레이즈에 찍어 복숭아맛 요거트와 함께 먹었다.

창문을 활짝 열고 청소기를 돌린 후에 허리를 펴고 곱게 물든 뒷산의 단풍을 오래 바라보았다. 그 아이가 이곳에 오다니. 한동안 미르가 떠올랐었고, 떠올라서 지우려 애썼다. 꿈에도 보였던 그녀였지만 이곳에 올 거라고는 한 번도 생각지 못했다.

마음의 평정을 잃고 허둥대기라도 하면 지금 일어나고 있는 명백한 사실들이 카드 뒤집히듯 한순간에 백일몽이 되어버릴 것 같았다. 천천히 청소를 마치고, 머리를 빗고, 카디건을 꺼내 걸쳤다.

정길은 광주나 목포나 서울에 갈 때처럼 집을 나와 능주역 쪽으로 방향을 잡았다. 결코 걸음을 빨리하지 않았다. 잠깐 멈추어 자신이 살고 있는 햇살마을을 한 차례 휘둘러보았다.

양옥과 한옥으로 이루어진 타운하우스는 이름 그대로 햇살이 가득했다. 평소와 다른 점이 있다면 마을 풍경을 미르의 눈으로 둘러본다는 것이었다. 은행나무 사이의 벚나무 단풍이 어느 때보다도 아름다웠다. 은행잎처럼 노란 군내버스가 마을 앞길을 평화롭게 지나갔다. 흡족하여 고개를 끄덕이는 게 미르인지 자신인지 정길은 알 수 없었다.

농공단지 앞 회전교차로를 지나 학포로에 들어서면 능주역까지는 금방이었다.

여염집보다 조금도 크지 않은 능주역은 넉넉한 앞마당 때문에 조금은 더 낮고 알뜰해 보였다.

정길은 능주역에서 무궁화호를 타고 어딘가를 가거나 어딘가에서 돌아오는 자신의 모습을 즐겼다. 능주역을 들고 날 때마다 문득 드론의 시선으로 자신을 내려다보았고, 그것은 그에게 꽤나 낭만적인 일처럼 여겨졌다. 더구나 오늘은 미르를 기다리고 미르를 만나게 될 능주역이었다. 목포에서라고는 하지만 실제로는 지구 반대편 애리조나에서 오는 미르를.

작은 대합실에는 사무용 원탁 하나와 접이식 의자 네 개, 긴 나무 의자 하나, 그리고 6단짜리 수석장 하나가 전부였다. 그러나 누군가를 기다리고 누군가를 만나기에는 아무 부족함도 없었다.

　나무 의자에 앉아 역사 안쪽으로 눈길을 돌렸다. 빈 철로 위로 가을볕이 떨어져 내렸다. 플랫폼이 눈부셨다. 얼마 안 있어 저기에 나타날 것이다.

　정길은 미르를 기다렸다.

—

콜리지애비뉴역이었던가. 미르를 기다리던 템피의 경전철 역도 작고 한산했었다. 나무가 거의 없는 메마른 산과 규모가 작은 시외버스 터미널 사이에 위치해서인지 역은 적적하기조차 했다.

　햇볕만이 플랫폼을 가득 적시고 있었다. 능주역의 가을볕이 눈부시다고 느낄 때마다 정길은 자신이 템피의 경전철 역에 쏟아져 내리던 6월의 햇빛 속에 있는 것 같았다.

　객차가 콜리지애비뉴역에 도착했고, 미르는 짐을 들고 내린 후에 플랫폼에 잠시 짐을 내려놓았다가 다시 집어 들었다. 정길은 선뜻 다가가 짐을 받아 들지 못하고 얼마간 미르의 움직임을 남의 일처럼 지켜보았다.

　미르는 정길의 위치를 얼른 파악하지 못하는 듯했다. 들었던 짐을 다시 내려놓고 허리를 폈다. 역사 지붕을 하얗게 적시던 햇볕이 플랫폼의 미르에게로 쏟아져 내렸다.

　따갑지는 않으나 결만큼은 충분히 예리해진 6월의 햇살

이 미르의 몸에 무수히 내려와 꽂혔다. 그것은 미르와 미르 아닌 것들의 경계에 촘촘히 박히며 미르의 윤곽을 또렷하게 했다.

햇살 때문에 정길은 미르에게 다가서지 못했다. 세상 만물로부터 미르만을 오롯이 도려내는 햇살 때문에.

허리를 굽혀 짐을 내려놓거나 어깨를 숙여 다시 짐을 드는 움직임을 따라 미르의 몸에 달라붙는 햇살의 굴곡이 춤추듯 출렁거렸다. 그 무수한 햇살의 변곡점들에서 정길은 눈을 뗄 수 없었다.

미르가 들고 온 플라스틱 봉투의 짐은 솜땀과 카오카무 재료들이었다. 싱싱한 애플망고와 토마토, 청경채와 대파에도 뭉텅뭉텅 햇살이 떨어져 내렸다. 봉투 어딘가에는 생강과 마늘, 돼지고기와 땅콩도 숨어 있을 것이었다. 적당량의 액젓도.

정길은 번잡함을 피해 템피 쪽에 에어비앤비를 정했다. 피닉스 중심부로부터 경전철로 아홉 정거장 떨어진 곳. 대개는 정길이 미르를 만나기 위해 피닉스로 갔지만, 그날은 미르가 정길을 만나기 위해 템피에 온 것이었다.

가이드와 의뢰인 간에 맺은 공식적인 하루가 아니었으니까. 음식과 음료를 나누며 쉬기 위한, 서로가 서로에게 지극히 개인적인 날이었다. 정길에게 태국 음식을 만들어 주겠노라 미르가 약속한 적이 있었는데 그날이 자연스럽게 온 것이었다.

그랬던 것뿐인데 정길은 선뜻 다가가 미르의 짐을 받아들지 못했다. 미르의 이마와 코끝, 슬리브리스로 노출된 어깨와 팔꿈치에 집요하게 달라붙는 햇살. 그로 인해 한껏 도드라진 윤곽이 정길의 발길을 붙들었다.

얼른 나가 미르의 짐을 거들지 못하는 자신이 뜻밖이어서 정길은 스스로를 이상하게 여기며 의심하기 시작했다. 의심은 그를 난처하게 했다. 정길은 햇살을 원망했다. 그러나 원망만 하지도 않았다.

이 점이 그를 휘청거리게 했다. 그는 햇살을 원망하면서 햇살이 간절했다. 햇살이 아니었다면 피닉스 외곽, 사람도 없는 템피의 작은 경전철 역에서 부끄럽게도 나어린 여성에게 울컥 욕정을 느끼지 않았을 테지만, 햇살이 아니었다면 참으로 오랫동안 잊고 살았던 내밀한 충동이 잃어버렸던 혈육을 만난 것만큼이나 반갑게 다가오지도 않았을 테니까.

"로이!"

미르가 큰 소리로 정길을 불렀다. 너무 큰 소리여서 전철역 바깥의 산이 통째로 울릴 지경이었다. 또래의 절친에게가 아니라면 나올 수 없는 소리.

부리나케 미르에게 달려가면서도 정길은 자신의 나이를 곱씹었고, 곱씹는 자신이 한심해서 얼른 집어치웠다.

"여기는 늘 햇살이 이 모양인가?"

짐을 받아 들면서 정길은 씩씩하게 굴었다.

"알잖아요. 선인장과 사막이 있다는 거."

두 사람의 대화는 날씨만큼 가뿐했다. 일과 상관없는 날이었다. 이런 날이 얼마나 더 있을까, 정길은 속으로 생각했다. 미국에서의 일정은 나흘밖에 남아 있지 않았다.

———

처음이 아니었다. 미르. 충동. 감당하기 어려운⋯⋯. 다만 그것의 처음은 충동이라기보다는 의구심에 가까웠다. 뭐지? 왜 이럴까?

겨를이 있을 때마다 그것은 반복되었고, 충동임을 알게 되었으며, 그 기운이란 게 너무도 빤하고 음흉하여 정길은 흠칫흠칫 놀랐다.

처음에는 미르의 머리카락이나 이마, 혹은 코끝이나 어깨 같은 신체의 세부가 보이지 않았다. 뭉뚱그려 미르라는, 하나의 대상일 뿐이었다. 보이지 않는 바람이 풀잎에 닿듯 알 수도 없고 의지도 없는 무정형의 그것이 정길을 흔들고 밀고 당긴다고 느껴질 뿐이었다.

그러다가 점점 그녀의 코끝이 보이고 입술과 목선과 쇄골이 보였다. 그 모든 빛나고 날 선 것들에 속절없이 마음을 빼앗기면서, 정길은 그것이 어떤 성질의 충동인지 더는 모를 수 없게 되었다.

죄책감이 들 만큼 거칠고 주책맞은 것이어서 사랑이라는 말을 갖다 대기에도 염치없고 아득하기만 한 감정이었다. 그 모든 탐욕과 정념을 변명하기 위해 나중에라도 사랑이라는 말을 비겁하게 끌어다 쓰게 된다면 모를까, 눈앞에 미르를 두고서는 차마 떠올릴 말이 아니었다.

하지만. 그런 생각이 들 때마다 정길은 하지만, 하고 숨을 골랐다. 자신을 삼인칭화하여 질책하고 부끄러워하는 건 온당하다 하겠으나, 사랑 없이 그럴 수 있겠느냐는 말을 누군가로부터 듣고 싶은 마음마저 없는 것은 아니었으니까.

결혼한 적이 없다는 점에서 정길과 미르는 다르지 않았다. 정길은 이 점을 떠올렸다. 문제가 있다면 나이일 텐데, 이 말은 나이밖에는 문제가 될 게 없다는 말과 다르지 않았다. 그녀와 반드시 결혼하겠다는 것도 아니었다. 정말 아무 문제가 없어 보였다.

숨을 고르며 그런 점들을 떠올리다 보면 곧 숨통이 트이곤 했다. 그러나 미르에게 고백한 적도, 주변의 누구에게 털어놓은 적도 없으면서 정길은 눈앞의 미르를 보면 절로 아득하고 아득해졌다. 일언지하에 딱지라도 맞은 사람처럼. 주변 사람들로부터 빈축을 사기라도 한 것처럼.

위축될 때마다 마흔일곱 살의 남자 정길은 외려 어깨를 펴고 목소리를 키우며 씩씩하게 굴었다.

—

충동의 첫 낌새는 두 차례 들렀던 몬티주마에서였다. 인디언 마을.

그곳에 '아르아다 눈 데'라는 인디언 사내가 있었다. 미국식 이름은 브라이언이었는데, 그는 자신의 인디언식 이름 아르아다 눈 데가 '눈 감고 밥 먹는다'는 뜻이라고 했다.

그러고 보니 미르가 한국에 온 것은 아르아다 눈 데 때문인지도 몰랐다. 몬티주마에 다녀온 뒤로 미르는 한 번도 가보지 않았다는 한국에 부쩍 관심을 보이기 시작했으니까.

정길은 피닉스의 한 중식집에서 얌차를 마시며 미르가 했던 말을 기억했다. 아르아다를 만나고 나서야 비로소 처음 태평양 저쪽 대륙과 몽골리언에 대해 관심을 갖게 되었다던 말.

물론 그녀의 아버지와 어머니는 모두 한국인이었다. 아시아 대륙과 한국인에 대해 관심이 없을 리 없었다. 국적만 미국이었을 뿐, 관심 이전에 그녀는 이미 한국인이었다. 누구보다 한국말을 잘했고 한국에 대한 이해도 깊었다. 그러니까 그녀가 아르아다를 만난 뒤 갖게 된 관심이라는 것은 아마도 이전과는 다른 차원의 것임에 틀림없었다. 그것이 무엇인지 정길은 묻지 않았다.

정길에게 중요했던 건 미르와 함께 몬티주마에 들렀다는 것이고, 아르아다의 이야기를 흥미롭게 듣던 중 그녀에게 충동의 첫 낌새를 느꼈다는 것이었다.

아르아다를 처음 만난 것은 몬티주마에서가 아니었다. 인디언 공예품 실연이 벌어지고 있던 피닉스 센트럴애비뉴의 허드 박물관 앞에서였다.

그곳에서 아르아다를 만나기 전까지 정길은 내심 조급해하고 있었다. 인디언이라고 해서 다 같은 인디언이 아니었으니까. 정길은 몽골리언 특유의 골격을 가진 인디언을 만나고 싶었다.

미국에서 흔히 볼 수 있는 인디언이란 덩치가 크고 근육질이며 코가 크고 매부리인, 이른바 북대서양 인디언들이었다. 통신이 발달하면서 영상을 통해 전해지는, 깃털 장식에 건장한 가슴을 드러낸 그들이 아메리칸 인디언의 전형처럼 되어 버렸다.

정길이 만나고 싶었던 것은 그런 인디언이 아니라 단두에 키가 작고 광대뼈가 튀어나온, 한국인 등의 아시아계 몽골리언들이 금방 친근감을 느낄 만한 인디언이었다. 정길의 취재 목적도 바로 그런 인디언을 찾아서 그들의 문화, 특히 음식 문화가 대양 건너편의 한반도인들과 어떤 요소적 친연성을 지니고 있는지를 관찰하는 것이었다.

허드 박물관 앞 광장에도 몽골 인종과는 형질이 다른, 장두에 신장이 큰 인디언들이 대부분을 차지하고 있었다. 아르아다도 여행객들 사이에 있던 일개 구경꾼일 뿐이었다.

"어이, 형제!"라며 알은척을 해 오지 않았다면 정길은 그를 중국인이거나 일본인 관광객쯤으로 여겼을 것이다. 그는 광장 한쪽의 노천 카페에 앉아 나무 스푼으로 분홍색 아이스크림을 퍼 먹고 있었다.

"내 이름은 아르아다 눈 데. 넌?"

그가 물었다.

그제야 정길은 자신이 찾던 인디언이 비로소 눈앞에 나타났다는 사실을 깨달았다.

"로이. 한국에서 왔어."

정길은 반가워 그가 내미는 손을 덥석 잡았다.

"무슨 뜻이지? 아르아다 눈 데라니?"

미르가 끼어들었다.

"눈 감고 밥 먹는다는 뜻. 어렸을 때 졸면서 밥을 먹었지. 할아버지가 지어 주신 이름. 미국식 이름은 브라이언."

그의 영어는 유창했다. 미국인이었으니까. 정길은 왠지 그의 유창한 영어가 생경했다. 외모가 고등학교 동창 박성현과 거의 똑같았기 때문이었다. 박성현이는 영어를 못 했다.

"잠이 유난히 많아서 밥을 먹을 때마다 졸았는데, 밥이 입으로 들어가는 건지 코로 들어가는 건지 몰랐다."

밥이 입으로 들어가는 건지 코로 들어가는 건지 몰랐다고 그는 말했다. 미르의 통역을 통하지 않고도 정길은 그 말을 알아들을 수 있었다.

미르도 그렇게 직역했다. 아르아다의 말은 왠지 한국말을 한국 사람이 영작한 것처럼 어색하고 익숙했다. 그런데 그때였을 것이다. 그리움인지 시름인지, 정체 모를 아득함이 시원을 알 수 없는 곳으로부터 느닷없고 빠르게 날아와 정길의 늑골을 치고 감쪽같이 사라졌다.

실체는 없고 꼬리 흔적만 남겼다가 그마저도 순식간에 사라져 버린 유성처럼, 그것은 짧지만 강렬하게 아쉬움과 슬픔의 감정을 남겼다.

그것이 무엇인지 정길은 알지 못했다. 다만 늑골이 얼얼해 왔고, 정길의 텅 빈 의식의 어둠 속에 데킬라 한 잔 분량의 투명한 눈물이 고였을 뿐이다.

하지만 그마저도 이내 흔적 없이 날아가 버려, 정길은 방금 전 자신이 느꼈던 것들을 순간의 환각이라고 여길 수밖에 없었다.

아르아다는 아이스크림 퍼 먹던 나무 스푼을 코밑에 대고 인중으로 말아 올렸다. 방금 자신이 했던 말을 행동과 표정으로 시연해 보였다. 입으로 들어가는 건지 코로 들어가는 건지. 정길이 웃었다.

정길은 그가 썩 점잖은 걸인일지도 모른다고 생각했다. 아르아다는 스푼을 인중에 걸치고도 말을 잘했다.

정길이 웃었던 것은 그의 익살스러운 표정 때문만은 아니었다. 사람을 바라보는 눈빛, 어색하게 웃을 때 파이는 얼굴의 주름, 코끝을 훔치는 손짓이며 겸연쩍게 흔드는 고갯짓이 몇 시간 전에 비행기에서 내린 한국인이라고 해도 곧이들을 만했다.

길다면 200만 년, 적어도 1만 년 동안 다른 대륙에 떨어져 살았으면서도 사소한 동작 하나에서 느껴지는 서슬들이 그토록 유사하다니. 짐작은 하고 있었으나 막상 동일한 유전자의 끈질기고 뚜렷한 흔적을 눈앞에서 확인하자니 놀랍고 기가 막혀 헛웃음이 나왔던 것이다.

"시스터, 자미자미 오 테."

아르아다가 미르를 보고 말했다.

"자미자미 오 테? 내가?"

미르가 되물었다. 그가 설명했다. 어떤 애벌레나 곤충에 관한 얘기인 것 같았으나 정길은 잘 알아들을 수 없었다. 작은 곤충이나 벌레가 무언가를 갉아 먹는 흉내를 냈다. 스프링 아웃, 점프 아웃이라는 말과 함께 손끝으로는 총알 날아가는 시늉을 했다. 폴 다운. 그러다가 그는 갑자기 자신의 손을 아래쪽으로 툭 떨어트렸다.

"뭐라는 거야?"

정길이 미르에게 물었다.

"풍뎅이 같은 게 나무를 갉아 먹다가 나무에서 튀어나온대요. 그러고는 툭 떨어진대요. 무슨 말인지 잘 모르겠지만 하여튼 제가 그놈을 닮았다나 봐요."

"풍뎅이를? 미르가?"

"그렇다네요."

아르아다가 미르를 가리켰다.

"자마자미 오 테!"

놀리거나 비웃으려는 뜻은 없어 보였다. 풍뎅이가 어쨌다는 건지 끝내 이해할 수 없었으나, 그의 말을 직역하자면 사각사각 뽕 툭! 이었다. 사각사각 갉다가 뽕 튕겨 나와서 툭 떨어진다는 얘기. 자미자미 오 테.

"조상에 대해 아는 바가 있나?"

정길의 물음을 미르가 통역했다.

"알다마다." 그는 의기양양했다. "아주 오래 전 할아버지 형제가 있었다. 아주 오래 전. 베링 해협. 베링 해협은 알겠지? 거기서 두 할아버지가 거대한 얼음덩어리를 함께 타고 사이좋게 고기를 잡았다. 얼마나 큰 얼음덩어리였는지 짐작하겠는가?"

정길은 고개를 끄덕였다. 커다란 성엣장 같은 것을 떠올렸다. 고깃배를 대신할 정도였다니 북극해의 얼음장은 크기도 했겠지.

아르아다가 말했다.

"그런데 새로 만든 작살이 너무 날카로웠다. 작살을 부주의하게 다루는 바람에 그만 얼음덩어리가 두 동강이 나고 말았다. 두 할아버지는 이쪽저쪽 두 대륙으로 갈라져 영영 만나지 못했다. 넌 저쪽 자손, 나는 이쪽 자손. 브라더! 우린 형제다."

"작살 하나로 거대한 얼음이 두 동강이 났다는 거군."

의심쩍다는 듯 미르가 말했다.

"큰 얼음도 바늘 하나로 쪼갤 수 있다."

그가 말했고, 정길이 고개를 끄덕여 동의를 표했다. 정길의 어머니도 여름이면 바늘 하나로 빙수 기계에 맞게 큰 얼음을 쪼개 썼었으니까.

정길이 자기 편을 들어주어서인지 아르아다는 다시 인중으로 스푼을 말아 올리며 익살을 떨었다.

———

그의 집은 몬티주마에 있다고 했다.

미르와 함께 오크 크리크 협곡과 그랜드캐니언 하바수파이족 보호 구역에 다녀오던 길에 몬티주마에 들렀다.

그곳에는 아르아다의 가족을 비롯해 열여섯 가구의 인디언이 살았다. 그들의 외모는 구별이 어려울 정도였다. 여자들 중에 자미자미 오 테라는 이름의 소녀가 있었다. 미르와 생김새가 정말 비슷했다.

그곳에 가서야 두 할아버지 얘기가 아르아다의 즉석 창작이었다는 걸 알았다. 그를 제외하고는 얼음덩어리와 작살에 대해 알거나 말하는 사람이 없었다.

정길과 미르는 몬티주마에서 하룻밤을 묵었다. 저녁노을

처럼 흙빛이 붉은, 아늑하고 조용한 계곡이었다. 낮에 들렀던 하바수파이족 마을에서는 한 컷의 촬영조차 허락되지 않았는데, 몬티주마에서는 주민들 스스로 카메라 앞에서 포즈를 취하고 밝게 웃어 주었다.

그들의 동작은 너나없이 나른할 만큼 느렸으며 소리 내어 웃는 것을 즐겼다. 어느 집이든 최소한의 집기 이외의 것은 없었다. TV도 냉장고도 없었다. 생활용품이라는 것도 나무 아니면 돌, 풀, 흙이었다.

마을 한가운데 솟은 송전탑만 아니라면 석기시대 그대로의 풍경이었다. 전체적인 느낌은 풍요였다. 최소 혹은 기본으로만 이루어진 삶의 조건들이 풍요롭게 느껴지는 이유를 정길은 알 수 없었다.

미르는 그들의 전통 복장을 빌려 입고 자미자미 오 테와 나란히 사진을 찍었다. 피부가 다소 밝았을 뿐 자미자미 오 테와는 자매인 양 미르의 얼굴 윤곽이며 웃는 모습이 똑같았다. 둘은 금방 친해졌다. 오랜 시간과 먼 거리로 이격되었던 간극을 한순간에 건너뛸 수 있게 하는 건 무얼까.

귀국하기 전 정길은 한 차례 더 몬티주마에 들렀다.

불가사의하게만 보이는 그들의 단출한 숲속 삶이 구체적으로 어떻게 지탱되는지 궁금했다. 결핍의 풍요라고밖에 할 수 없는 아이러니는 무엇에서 기인할까. 정길은 칼럼 연재

원고의 구성을 위해 필요한 질문들을 메모했다.

정길은 무엇보다 꾹빵이 궁금했다.

"형제, 미리 얘기하고 오면 꾹빵을 준비할게."

헤어지면서 아르아다가 했던 말이 정길의 머리에 박혔다.

어떤 빵일까. 정길은 세상의 모든 빵을 먹어 본 사람이었다. 그러나 그런 사람일수록 세상에는 못 먹어 본 빵이 얼마든지 있다는 사실을 믿었다. 믿고 기다리고 찾았다.

어쩌면 그의 음식 문화 관련 칼럼 연재는 아직 먹어 보지 못한, 그러나 세상 어딘가에서는 만들어지고 있을 빵, 그 빵을 찾기 위한 순례의 일환일지도 몰랐다.

아르아다가 그에게 빵을 만들어 주겠다고 했다. 이름조차 처음인 꾹빵. 정길은 빵이 절실했다. 몬티주마에 다시 들르지 않을 수 없었다.

—

주민들은 다시 온 정길과 미르를 가족처럼 반겼다. 아르아다가 두 사람을 얼싸안았다.

그날 두 사람은 자미자미 오 테를 분명하게 알았다.

그것은 물결무늬풍뎅이의 이름이었다.

"자, 보라구."

아르아다는 자신의 집 흙바닥에 놓여 있는 낡은 통나무 식탁을 가리켰다. 네 사람이 들어야 겨우 들 수 있을 것 같은 굵고 투박한 목재 식탁이었다.

"여기 구멍 있잖아. 자미자미 오 테가 나온 구멍이야."

그는 어디선가 손톱만 한 풍뎅이 한 마리를 주워 왔다. 등껍질에 물결무늬가 아로새겨진 곤충이었다.

"이게 말이야, 60년 동안 식탁 속에 알 상태로 박혀 있다가 얼마 전 나무를 뚫고 튀어나온 자미자미 오 테야. 부화해서 매일매일 나무를 갉아 먹으며 세상에 나온 거지. 우리 마을에서 가장 나이 많은 풍뎅이."

"60년 동안 나무속에 박혀 있었다는 걸 어떻게 알지?"

미르가 물었다.

"저 식탁이 내 할아버지의 아버지가 만든 거니까."

아르아다는 식탁 말고 집 안의 다른 나무 기둥에 나 있는 풍뎅이 구멍들도 보여 주었다. 그의 말을 곧이들을 수 없었다. 베링 해협의 두 할아버지 형제 얘기도 그의 창작이었으니까. 풍뎅이가 바깥에서 파고 들어간 구멍일 수도 있는 거였으니까.

"우리보고 믿으라고?"

미르가 웃으며 말했다.

"정말이라니까. 나무가 베어진 뒤 급속히 말라 버려서 미처 부화할 수 없었던 알들이 적당한 온도와 습도를 만나면 비로소 깨어나게 되지. 로터스 씨앗 같은 거는 천 년이 지나도 싹을 틔우고 꽃도 피운단 말이야. 자미자미 오 테는 아마주전자 물이나 벽난로 온도 때문에 부화하는 걸 거야."

"그렇다면 어째서 60년이지? 증조할아버지도 이미 오래전에 말라 버려져 있던 나무를 주워다가 식탁을 만든 것일 수도 있잖아. 말하자면 100년도 넘은 풍뎅이 알일지도 모른다는 얘기야."

정길의 말을, 고개를 끄덕이며 미르가 통역했다.

"그럴 리는 없어. 이리 와 봐. 딱 60개거든."

아르아다는 풍뎅이 구멍이 나 있는 나무 식탁의 나이테를 가리키며 의기양양하게 웃었다. 정길과 미르도 웃었다. 60개가 맞긴 했지만 어딘가 석연치 않았다.

미르와 아르아다는 풍뎅이와 풍뎅이 알의 수명을 놓고 티격태격했다. 풍뎅이가 어떻게 나무속에 알을 낳을 수 있느냐. 이 풍뎅이들의 생식기가 바늘처럼 뾰족하고 날카롭다는 것을 네가 몰라서 하는 소리다. 여린 나무의 부드러운 수심에 침을 찌르듯 산란한다. 그래도 그렇지 알을 낳은 후로 60개의 나이테가 생긴 거라면 60년 동안 나무가 촉촉하고 싱싱하게 살아 있었다는 얘긴데, 그 조건에서 어째서 알이 부화하지 못한 거지? 모르지. 모른다. 이유는 태양신만이 아신다…….

아르아다는 지지 않으려고 능청을 떨었다. 베링 해협의 두 할아버지 이야기는 믿지 않아도 풍뎅이의 산란과 오랜 부화 과정은 이미 모든 주민들에게 생활 상식이 되어 있었다.

도처에 구멍이 있었으니까.

아닌 게 아니라 자미자미 오 테 이야기는 몬티주마뿐만 아니라 프라브스텝과 윌리엄스 지역의 주민들에게까지 확산되어 있었다. 취재 여행 중인 정길에게는 구미가 당기는 소재가 아닐 수 없었다.

서로 지지 않으려고 옥신각신하는 미르와 아르아다가 정길에게는 다정스러워 보였다. 시샘 많은 동생과 능청스러운 오라비. 하기야 아르아다는 처음부터 미르를 시스터라고 부르지 않았던가.

소소한 논쟁이 둘 사이에서 벌어지는 동안 자미자미 오 테라는 소녀의 사정도 슬그머니 알려졌다.

아르아다는 말했다. 모든 자미자미 오 테가 이른 아침 나무를 뚫고 튀어나와 사람을 놀래키듯, 소녀도 죽은 어미의 몸을 혼자 헤치고 나왔다고.

장례를 치르려고 주민들이 모여든 아침, 시신의 다리 사이에서 아이 울음소리가 들려 마을 사람들이 모두 깜짝 놀랐다고 했다.

아르아다의 이야기를 듣고 있자니 아무래도 자미자미 오 테를 사각사각 뽕 툭이라고 번역하여 쓸 수 없을 것 같았다. 소녀의 출생 비화에 비해 사각사각 뽕 툭은 지나치게 장난스러운 이름이었으니까. 자미자미 오 테, 저 60년 된 풍뎅이, 그리고 어미 잃은 소녀. 뭐라 번역하는 게 좋을까 생각하며 정길은 미르를 바라보았다.

미르는 정길을 바라보고 있지 않았다. 눈을 마주치기 위해 정길은 한동안 미르에게서 눈을 떼지 않았다.

집 밖의 눈부신 유카꽃에 시선을 던져 놓은 채 미르는 꼼짝하지 않았다. 마음속 어떤 상념엔가 붙들린 것 같았지만 정길은 짐작할 수 없었다. 어쩌면 100년 만에 핀다는 유카꽃의 위용에 아무 생각 없이 가만히 압도당하고 있었는지도 몰랐다.

미르는 유카꽃을 바라보았고 정길은 미르를 바라보았다.

압도당하고 있던 것은 정길이었다.

입으로 들어가는 건지 코로 들어가는 건지. 한국말을 한국 사람이 영작한 것처럼 어색하고 익숙했던 아르아다의 영어. 그것을 듣는 순간 느꼈던 미심쩍고 강렬했던 동요가 다시 한번 정길을 위협해 왔다. 정체 모를 아득함과 함께 독하고 투명한 술처럼 정길의 늑골 안쪽에 고이던 슬픔이 다시 떠올랐다. 그 슬픔은 베링 해협과 '눈 감고 밥 먹는다'는 이름의 사연을 듣던 중 일어난 흔들림이었다.

이번 흔들림은 그럼 무엇 때문이었던가. 무엇이 다시 정길을 흔든 것일까. 60년 동안 나무속에 갇혀 있다가 부화하여 60개의 나이테를 뚫고 어느 날 아침 튀어나온 풍뎅이 이야기를 듣고 난 다음이었다. 죽은 어미의 몸을 헤치고 나온 소녀 자미자미 오 테의 얘기를 듣고 난 다음이었다. 말없이 집 밖의 유카꽃을 응시하는 미르의 뒷모습을 보고 난 다음이었다.

그런데 이번의 자극은 미심쩍지 않았다. 구체적이었을 뿐만 아니라 직접적이었으니까. 눈이 부셨고, 만져질 것처럼 심장이 쿵쾅거렸다. 금방이라도 오금이 접히며 주저앉을 것 같은 충격으로 다가왔다. 그러는 이유도 분명했다.

당혹스럽게도, 충동의 원인은 물결무늬풍뎅이 이야기나 외로운 소녀의 비화에 있지 않았다. 미르였다. 서너 발짝 앞의 미르에게서 직접적으로 날아오는 위협이었다.

미르는 가만히 서서 말없이 문밖의 유카꽃을 바라보았으며 그마저도 뒷모습이었다. 청바지에 숏커트 뱅헤어. 작은 키의 선머슴 같던 그녀에게서 느릿느릿, 그러나 도저하게 뿜어져 나오는 기운을 정길은 감당하지 못했다.

코코니노 국유림의 몬티주마는 피닉스에서도 그다지 멀지 않은 곳이었으나 높고 붉은 충적토로 에워싸인 탓에 오랜 세월 외부에 노출되지 않은 마을이었다. 흙의 색깔만큼이나 선연한 원시가 주민들의 웃음과 눈빛에 은은하게 서려 있었다. 옷과 집기, 언어와 예절에도 문명을 거부하는 위협의 기미들이 맹독의 꽃가루처럼 아름다우면서도 섬뜩한 빛을 발했다.

애리조나 그랜드캐니언 인근의 하바수파이 마을과 몬티주마 마을을 둘러보기 전에 정길은 미 중부에 위치한 오클라

호마 털사의 오세이지 보호 구역에 들렀었다. 그때만 하더라도 미르는 들뜬 가이드였다. 초원과 들짐승과 화려한 전통 복장의 인디언 후예들을 만날 때마다 정길보다 더 흥분했다. 바이슨 똥을 보고 소리를 질렀고, 정길이 부탁하지도 않았는데 오세이지 부족 대표의 뒤를 졸졸 따라다니며 그의 정수리에 부착된 붉은 깃 장식에 대해 이것저것 물었다.

부족이 선발했다는 어여쁜 오세이지 공주에 대해서도 정길이 준비한 항목보다 훨씬 많은 질문을 던졌으며, 젊은 부족 대표에게 민망할 만큼 호감을 드러내는 바람에 수행하는 박물관장을 민망하게 했다.

못 말리는 선머슴 가이드였다. 덕분에 취재는 활기를 띠었다. 가이드를 잘 만났다고만 생각했다. 미르에게서 위협적인 종류의 기미를 직접적으로 느끼리라고는 생각하지 못했다.

아르아다의 익살과 자미자미 오 테가 튀어나왔다던 크고 오래된 식탁 때문이었을까. 불가사의하게만 보이는 저들의 결핍된 풍요와, 그것에서 풍기는 묘한 느낌 때문이었을까. 유카꽃을 바라보는 저 미르. 무엇으로부터든 그녀를 가로채 완벽한 자신의 소유로 만들고 싶다는 기이한 욕망이 한순간의 단절도 없이 정길을 흔들어 댔다.

그 느닷없음과 무례함, 그것에 대한 의아함과 의구심이, 아르아다의 말을 듣던 중 느꼈던 그리움인지 시름인지 아쉬움인지 슬픔인지 모를 아득한 감정과 뒤섞이며 정길을 혼란에 빠뜨렸다.

그때 미르가 뒤돌아보았고 정길과 눈이 마주쳤다.

다른 날 같았으면 "왜요? 내 얼굴에 또 몰레 똥 묻었나요?"라고 말하며, 언젠가 멕시칸 몰레소스를 코끝에 묻혀 정길에게 놀림당했던 기억을 복수하듯 끄집어냈을 텐데 그러지 않았다.

미르는 아무런 표정 없이 서 있었다. 어쩌자고 정길의 서너 발짝 앞에서 똑바로. 너를 갖는다는 게 정말 뭔지는 모르겠으나 한순간만이라도 너를 가질 수 있다면 나는 온통 으깨져 버려도 좋겠어. 정길은 무너져 내리며 속으로 중얼거렸다. 그리고 그녀를 갖는다는 의미가 너무도 빨리, 너무도 빤하고 뚜렷해져서 곧장 견딜 수 없는 수치심에 휩싸였다.

미르는 그런 정길을 물끄러미 바라보았다. 어디서 벼락처럼 내려친 욕정일까. 덜덜 떨며 정길은 영원과도 같은 시간을 견뎠다.

감당하기 힘들지만 감당할 수밖에 없는 내밀한 욕구와 충동. 수치스럽긴 해도 그것은 먼 데서 용케도 돌아온 방문객이었다. 돌아왔음에도 선뜻 반기는 이 없어 안쓰러운. 너무 늦은 데다, 그나마도 상대는 어려도 너무 어리고 아무것도 알아차리지 못하고 있는 미르였다.

그래도 참 얼마 만이란 말인가. 이런 감정 20년도 더 되지 않았을까. 정길은 맘속으로 서러운 햇수를 꼽아 보다가 놔두어라 놔두어라 자신을 다독였다. 셈하던 손가락을 풀고 대신 자신의 날숨과 들숨을 천천히 세기 시작했다.

몬티주마 마을은 그런 곳이었다. 무언가로 인해 억압되거나 잊혔던 것들이 오래전 집을 나간 집짐승처럼 돌아오는 곳. 범절 따위에 가려졌던 원초의 순간을 깨우침처럼 마주하는 곳. 걷잡을 수 없는 충동이 눈물로 귀환하는 곳.

정길은 놔두어라 놔두어라 필사적으로 자신을 다독였다. 그러자 용케도 다독여졌다. 다독여졌으므로 그녀에 대한 미친 소유욕이 빤한 욕정만이 아니라는 것을 간신히 눈치챌 수 있었다. 안심이 되었고 무엇엔가 마구 고마워졌다. 정염의 이면에 그녀를 아껴 주고 싶은 단단한 마음이 자리하고 있다는 것을 알았으니까.

그녀가 온전히 그녀인 채로 보호받고 살아가야 한다고 정길은 생각했다. 당연한 것이지만 정길은 간절했다.

"저 꽃을 심은 사람들의 마음을 알 것 같아요."

미르가 말했다. 어느새 두 발짝 앞으로 다가와 있었다. 정길이 무슨 생각에 빠져 있었는지 다 아는 듯한 눈빛으로.

"어떤 마음이었을까?"

눈빛을 모면하기 위해 정길은 얼른 물었다.

"물론 꽃을 기다리는 마음요."

미르가 말했다.

"그러니까 100년을 기다리겠다는 마음?"

자신의 말이 어딘가 겉도는 것 같다고 정길은 생각했다.

"저걸 심은 사람은 꽃을 못 보았을 수도 있어요."

"꽃이 100년 만에 핀다니까 저 식물 자체는 그보다 훨씬 오래 사는 거겠지?"

말하면서도 말이 망해 간다는 기분이 들었다.

"자신은 못 보더라도 나중에 태어날 사람이 볼 수 있게 심은 거잖아요." 미르는 차분히 말했다. "이 사람들이 시간을 사는 방식인 것 같아요. 웃음은 크고 동작은 아주 느리잖아요. 빠를 필요가 없는 거예요. 이미 100년 후까지 살고 있는데요, 뭘."

그러면서 미르는 자기가 어째서 섣불리 직업을 갖지 않으려 하는지 짧게 말했다. 어째서 사회가 요구하는 조건에 부응하지 않으려 하는지. 빈곤하게 살망정 자기 본연의 삶을 포기하지 않으려 하는지. 생의 가치를 당면한 실정에다 두지 않으려 하는지. 그리고 몬티주마 마을의 적고 홀가분한 살림이 어째서 풍요롭고 평화롭게 지탱되어 가는지. 저들의 느림이 얼마나 귀한 것인지. 그런 말들.

어쩌면 저 흰 유카 꽃잎에 떨어져 내리는 눈부심 속에 그 모든 답이 서려 있을지도 모르겠다고 미르는 말했다. 그 눈부심이 100년 뒤에 오는 사람들에게도 여전히, 그리고 고스란히 전해지기를 바라는 마음이 저 꽃을 심은 사람의 진짜 마음 아니었겠느냐고.

몇 분 만에 10년을 훌쩍 뛰어넘어 성장한 여성을 보고 있는 것 같았다. 미르는 차분했다. 더는 선머슴이 아니었다. 정길의 속마음을 환히 들여다보는 것 같은 눈빛만 봐도 그랬다. 정길을 등지고 있었으면서 미르는 어떻게 정길의 기운을 느꼈던 걸까.

정길은 다른 미르를 보았다. 자미자미 오 테 이야기 이전의 미르가 아니었다. 정길이 예상치 못했던 충동에 흔들려 버렸던 것도 그런 미르 때문이었다.

더는 자신의 속마음을 들키지 않으려고 정길은 전전긍긍하면서 미르의 눈길을 피하려 했다.

"고마워요, 로이."

무슨 뜻인지도 모르고 정길은 미르의 그 말이 오히려 고마웠다. 미르에게서 너그러움이 느껴졌기 때문이었다. 고마워요, 로이. 어찌할 줄 모르는 마흔일곱의 사내를 따뜻하게 감싸 안는 말이었으니까.

"내가 고맙지."

정길이 말했다.

"이런 곳이 있다는 걸 몰랐을 거예요. 로이 아니었으면."

"나도 이곳을 쉽게 잊지 못할 것 같아."

"'오래된 미래' 같은 곳이에요, 저에겐."

미르의 목소리. 그 어질고 부드러운 파동에 정길은 깜짝

깜짝 놀랐다.

어쩌다 그녀의 눈과 마주치기를 원했던가. 정길은 정신을 수습하느라 눈을 끔뻑였다.

자미자미 오 테. 사각사각 뽕 툭 말고 이것을 뭐라고 해야 자미자미 오 테 소녀에게 누가 되지 않는 번역이 될까. 그걸 물으려던 거였다.

그러나 그 사이 빙하처럼 거대한 그림자가 그와 미르 사이를 눈 깜짝할 사이에 쓱 지나가 버렸다. 어둡고 서늘하게. 그러자 다른 느낌의 말끔한 미르가 뒤돌아봤고, 정길은 벅차고 창피한 느낌이 들어 그녀의 눈길을 피했다. 무엇을 묻고 싶었는지 잊어버렸다.

사각사각 뽕 툭. 나중에 생각났지만 정길은 끝내 묻지 못했다. 그것을 달리 어떻게 번역해야 할지를.

"다른 레저베이션들과는 다르잖아요, 여기."

예사롭게 대해 주는 미르가 고마울 뿐이었다.

"맞아, 달라."

정길도 아닌 척 대답했다.

그때였다. 아르아다가 빵이 든 소쿠리를 들고 나타났다.

"우와, 빵이다. 빵이다."

미르가 도로 선머슴이 되었다.

—

빵 좋아하세요?　94

빵은 마을을 높이 에두른 충적토처럼 빨갰다.

"올 줄 알고 발효종을 곧장 준비했지."

아르아다가 말했다.

"곧장이라면 언제?"

정길이 물었다.

"너희들이 마을을 떠나던 날."

"다시 올 줄 알았다고?"

이번에는 미르가 물었다.

"그래. 이렇게 다시 왔잖아."

"어떻게 알았는데?"

"실은 그냥 발효종을 담그고 싶어졌어. 그런데 너희들이 온 거야."

"우연?"

"발효종을 담그고 싶었다니까."

"말하자면 그런 식으로 우리가 올 거를 알았다는 거지?"

정길이 얼른 물었다.

"우린 그런 식으로 알지."

아르아다가 씨익 웃었다.

"담근 지 얼마 만에 반죽할 수 있는데?"

"5일. 그리고 숙성 하루."

"와, 우리가 딱 6일 만에 왔잖아."

미르가 소리 질렀다.

"그게 우리가 아는 방식이라니까."

"이 마을의 흙으로 반죽한 줄 알았잖아."

정길이 웃으며 말했다.

"플루오트 발효종이라서 빨개."

"살구? 자두?"

"플루오트 로사."

"마을 토양과 빛깔이 같게?"

"우리 종족 색깔."

"그렇군. 플루오트 로사."

정길과 미르는 붉은 플루오트 로사 발효종 빵을 한 입씩 베어 물었다.

그리고 한동안 말없이 음미했다.

"호밀 팡 데 캉파뉴구나."

정길이 중얼거렸다.

"뭔데, 그게?"

아르아다가 물었다.

"시골 빵이라고."

"맞아, 시골 빵. 꾹빵."

"몰트 시럽 말고 또 뭘 넣었지?"

"음, 왜?"

"묘한 맛이 나잖아."

"묘한 맛?"

"처음 보는 맛. 맛이라기보다는 향 같아."

"시간의 향이니까."

"시간의 향?"

미르가 물었다.

"구멍에서 나이테 하나당 0.5그램 정도 가루가 나와. 그게 빵 한 개에 들어가는 양이기도 해."

"자미자미 오 테?"

"그놈이 갉아 놓은 나뭇가루. 거기에 섞인 배설물."

"배설물?"

미르가 얼굴을 찡그렸다.

"시간의 향이라니까."

"시간을 먹으면 더 늙는 거야, 젊어지는 거야?"

정길이 물었다.

"몰라. 60년 전, 100년 전의 것을 지금 먹는 것뿐이야."

"묘한 맛의 정체가 그거라고?"

"꾹빵은 그 맛으로 먹어. 달고 고소한 맛 그런 거 아니고. 세월 맛. 코로 먹는 빵."

"이걸 맛보이고 싶었던 이유는?"

"먹고 싶어 했으니까."

"누가?"

아르아다가 정길을 콕 집어 가리켰다.

"내가? 언제?"

"우린 그런 식으로 안다니까."

"내가 먹고 있으니까 내가 먹고 싶어 한 거다?"

"우린 그런 식으로 안다."

정길은 입안의 빵을 천천히 씹었다. 시간의 향 풍미라는 것을 빼면 특별할 것 없이 닝닝한 맛이었다. 60년이나 100년을 먹어야 맛을 제대로 알까.

정길은 꾹빵 안에 자신이 만든 단팥소를 분류별로 조금씩 떼어 넣는 상상을 하며 오래오래 씹었다. 금실, 홍언, 금홍언, 아라리, 아라리홍, 아라리금, 검구슬, 흰구슬아라, 흰구슬홍언⋯⋯

차례로 팥소들의 맛을 떠올렸다. 홍언, 아라리금. 두 종류의 팥소가 꾹빵의 끝맛과 어울려 혀끝에 오래 남았다.

홍언 또는 아라리금. 박력분 상백당. 플루오트 로사 대신 복숭아 중종 발효종. 자미자미 오 테가 들어간 소프트 리치 생지에 철판 소성.

정길의 머릿속에 새로운 단팥빵의 레시피가 빠르게 탄생했다. 남은 과제는 믹싱과 편칭. 정길은 어서 그것을 오븐 안에 넣고 싶었다.

정길은 아르아다에게서 자미자미 오 테 가루 100그램을 얻었다.

"그런데 꾹빵이 무슨 뜻일까? 꾹."

미르가 물었다.

"부푼 상태 확인하는 거."

아르아다가 대답했다.

"설마 검지에 덧가루 묻혀서 생지에 찔러 넣어 보는 거?"

정길이 물었다.

"응. 그게 제일 중요한 빵이니까. 손가락 자국이 그대로 남아 있어야 잘된 발효."

"그러는 걸 꾹이라고 한다고?"

"응, 꾹 찔러 넣는다고 해."

"꾹?"

"응, 꾹."

"세상에."

정길과 미르가 왜 놀라는지 아르아다는 알 리 없었다.

———

능주역의 시계는 오전 11시 1분을 가리켰다. 11분 후면 미르가 도착할 것이다.

콜리지애비뉴역에 도착했던 날처럼 미르는 양손에 싱싱한 애플망고와 토마토, 대파와 청경채가 든 플라스틱 봉투를 들고 내릴 것만 같았다.

하지만 오늘은 정길의 몫이었다. 그렇다면 내가 솜땀과 카오카무를 준비할게. 미르가 능주로 오겠다고 했을 때 일말의 망설임도 없이 정길의 입에서 튀어나온 말이었다. 미르

앞에서라면 절로 씩씩해지는 버릇은 세월도 어쩌지 못했다.

광주 소망식당에서 퀵 배송으로 수령한 신선한 재료들이 정길의 집 냉장고에 있었다. 팟 까파우 무 쌉을 곁들이기 위해 태국고추와 생바질을 추가로 주문했다.

고즈넉하고, 밝고, 차분히 설레고, 맛있었던 템피 에어비앤비의 오후를 정길은 오래도록 잊지 못했다. 숙소 창밖으로 내다보이던, 풋볼 스타디움 뒤쪽 산 이름이 헤이든뷰트였던가. 그 정상을 바라보던 미르가 어느 순간 스스럼없이 다가와 정길의 어깨를 감싸 안던 허그도 잊을 수 없기는 마찬가지였다.

콜리지애비뉴 경전철역에서 정길의 에어비앤비까지는 걸어서 7분 거리였다. 넓지는 않지만 충분히 깨끗한 주방에서 미르는 솜땀과 카오카무를 만들었다. 산 쪽으로 난 창에는 보기 드문 벌룬 셰이드 타입의 커튼이 쳐져 있어서, 서부 개척기의 시골집 창문 같은 느낌이 들었다.

미르는 거침없이 그린파파야 하얀 속살을 채 썰고, 마른 새우와 방울토마토를 스테인리스 볼에 넣어 빻았다. 쾅쾅쾅쾅. 조리대를 울리는 소리 역시 개척기의 고단하면서도 단란한 저녁 풍경을 떠올리게 했다.

"학교 기숙사 공동 주방에서 가끔 해 먹던 거라서요."

미르는 빠르게 피시소스와 라임즙과 팜슈거를 스테인리스 볼 안으로 던지듯 넣고서 채 썬 그린파파야를 넣고 젓가

락으로 휘휘 저었다.

"끝."

미르는 양 손바닥을 한 차례 탁 부딪치며 작고 짧게 말했다. 자신감이 느껴졌다. 혼잣소리였으나 정길의 귀에 쏙 들어와 박혔다. 그 소리를 신호로 정길의 입안에 침이 고였다.

미르는 이어서 프라이팬에 기름을 붓고 대파를 볶다가 다진 마늘과 생강을 넣었다. 액젓과 굴소스, 익힌 족발 고기와 청경채를 잇달아 넣었다.

역시 손이 빨랐다. 저걸 학교 기숙사 공동 주방에서 만들어 먹는다고? 정길이 의아해하는 사이 미르가 들릴락 말락한 소리로 한 번 더 끝, 이라고 말했다.

기숙사에서든 집에서든 백 번은 만들어 먹었을 솜씨였다. 미르는 라인가우산 피노 그리라며 가방 안에서 흰 포도주를 척 꺼내 놓았다.

———

함께 여행하는 동안 미르는 내내 밝고 상냥했다. 능력 있고 친절한 가이드를 만나고 싶은 것이 해외 출장에 나선 사람의 한결같은 마음이었다.

미르는 처음부터 가이드라는 느낌이 들지 않았다. 신이 나서 함께 여행하는 가족 같았다.

물건을 사거나 팁을 지불할 때 미르는 꼼꼼하고 짜게 굴었다. 취재 여행하는 내내 미르는 "너무 비싸잖아요"라는 말을 입에 달고 다녔다.

오래된 추억인 양 그런 얘기를 나누었다. 새콤한 솜땀에 달콤하고 투명한 라인가우 포도주를 마시며.

"한국에 오면 내가 공짜로 가이드해 줄게."

정길이 말했다.

"베르드 레스토랑에서 1달러짜리 매콤한 닭다리와 차가운 맥주 마셨잖아요, 우리."

"아, 그때도 내가 한국에 닭발 먹으러 가자고 했었구나. 닭다리 말고 닭발."

"가이드와 닭발. 약속."

"음. 가이드와 닭발."

여행 내내 둘은 사이가 좋았다. 미르는 언제나 15분 전에 미리 약속 장소에 나와 있곤 했다. 미국에서 태어나 미국에서 자란 그녀였으나 미국이 처음인 아이처럼 들떠 있었다.

계약대로라면 미르는 오후 5시까지만 정길을 안내하기로 돼 있었다. 그러나 거의 매일 정길과 함께 저녁을 먹고, 차를 마시고, 늦게까지 떠들었다. 정길의 만류를 뿌리치고 저녁 값을 치르기도 했다. 피닉스의 워싱턴 밤거리를, 2번가에서 13번가까지 연인처럼 걸으며 맥줏집의 숫자를 헤아리기도 했다.

애리조나의 6월은 덥지만 맑고 밝았다. 도심 곳곳에 야자수가 자랐다. 피닉스 도심을 빠져나가면 선인장의 사막 풍경이 펼쳐졌다.

아무리 어둡고 우울한 상념에 짓눌린 사람이라도 애리조나에서라면 여름 한낮의 무명 빨래처럼 가볍고 눈부셔질 것 같았다. 미르의 카오카무를 먹으면서 그 모든 햇빛을 미르와 함께했다는 사실을 떠올리고, 정길은 뭉클해졌다.

그리고 미르에게 말했다. 지구 반대편 대륙에서 눈빛과 걸음걸이와 담배 피우는 모습까지 똑같은 인종을 만난 뒤로, 태평양을 격한 채 수만 년을 떨어져 살아왔으면서도 동일한 형질을 고스란히 간직한 그들을 떠올릴 때마다 자주자주 어떤 엄숙한 기분에 빠져들게 된다고.

미르도 정길의 말에 호응했다. 아르아다의 말대로 처음에는 작살 틈만큼이었는데, 이제는 비행기로도 열 시간이 넘는 거리로 벌어져 있다고. 태평양의 넓이만큼 멀어져 있는 그들과의 거리라는 것도 그러니까 애초에는 책갈피 정도의 작은 틈이었을 뿐이라고. 아무리 가까운 것일지라도 서로 다른 방향으로 부는 세월의 바람을 타게 되면 두 대륙 간의 거리만큼이나 멀어질 수 있는 거라고 미르는 말했다.

정길은 그간의 미르를 떠올렸다. 사회 진출 문제에 관해서는 미국 아이들답지 않게 매우 예민하고, 과격하게 회의적이면서도 터무니없이 맑고 낙천적인 대학생이었다. 정길은 미르의 정확한 속내를 알지 못했다.

아무려나 미르는 아이스크림을 좋아했고, 장거리 버스 시간에 늦을까 봐 함께 제퍼슨거리를 뛰면서도 웃음을 잃지 않았다. 인디언의 춤을 따라 추며 정길까지 군무 속으로 이끌던 미르. 미스에이가 부른다는 〈다른 남자 말고 너〉가 재미있다며 가르쳐 달라고 보채던 미르의 모습들이 벌써 꿈속의 일인 양 아스라했다.

정길은 미스에이도 수지도 잘 알지 못했다. 다만 생각했다. 미르는 누구에게든 이랬을까. 이럴까. 웃고 춤추고 보챘을까. 누구에게든.

미르는 한 손에 포도주 잔을 든 채 창밖의 헤이든뷰트 정상을 바라보고 있었다.

—

"시간의 맛이라는 게 있다니."

미르가 말했다.

산 너머 하늘의 노을빛이 조금씩 창가에 와 부딪쳤다.

"자미자미 오 테의 맛?"

정길이 말했다. 알코올 성분 14퍼센트 포도주 병에는 더 이상 내용물이 남아 있지 않았다.

"60년 자미자미 오 테, 100년 유카꽃, 이런 게 실제로 있으니까 시간의 향이라는 종족의 언어도 생기는 거겠죠. 꾹빵도 생기고. 맛보다는 그 말, 언어가 더 신기해요."

"그렇긴 하지만, 100년 정도 가지고 뭘."

정길은 공연히 우쭐해지는 마음이 들어 그렇게 말해 버렸다.

"미국 역사의 반에 가까운 시간인 거잖아요."

"한국에는 말이지."

"알아요, 반만년. 그러니까 5000년."

"그렇게 멀리 갈 것도 없이 한 400년쯤 전에."

"400년요?"

"430년 전. 그때 죽은 사람의 미라가 발견되었어. 안동이라는 곳에서. 미라보다는 부장품이 더 관심을 끌었지만."

"부장품이라면."

"편지. 고인에게 보내는 아내의 절절한 편지. 그리고 고인이 저승 가는 길에 신으라고 아내가 자신의 머리카락을 잘라 만든 짚신. 고스란히 발굴되었어."

"거기서 생긴 언어는요?"

"거기서 생긴 건 아니지만 거기서 떠오르는 오직 하나의 말은."

"뭐예요?"

"사랑."

"사랑? 러브 어페어(Love Affair)?"

"응, 내셔널 지오그래픽에는 '락스 오브 러브(Locks of

Love)'라는 제목으로 기사가 실렸었고."

"와, 내셔널 지오그래픽에? 그럼 당장 찾아볼 수 있겠네."

"아키알러지 매거진에는 미르가 말한 제목으로 실렸을 거야. 러브 어페어(Love Affair)."

"아키알러지 매거진(Archaeology Magazine)에도?"

"그럴걸."

"지난주에도 봤던 잡지예요!"

혼자 중얼거리며 미르는 고개를 절레절레 젓고서, 놀란 눈을 부릅뜨고 한동안 휴대전화를 들여다보았다.

"이거예요?"

얼마 뒤 미르가 누른 화면을 내밀었다. 정길은 고개를 끄덕였다.

"430년 전 편지라 못 읽겠어요."

정길도 쉽게 읽을 수 없는 글이었다.

"고인과 아내 사이에 원이라는 유복자가 있었나 봐. 유복자 알아?"

"아이가 태어나기도 전에 아빠가 없어진 거네요."

정길은 현대어로 편집된 내용을 따로 검색해 미르에게 건넸다.

미르가 띄엄띄엄 읽었다.

"원이 아버지에게. 당신 언제나 나에게 둘이 머리 희어지도록 살다가 함께 죽자고 하셨지요. 그런데 어찌 나를 두고 당신 먼저 가십니까? 나와 어린아이는 누구의 말을 듣고 어떻게 살라고 다 버리고 당신 먼저 가십니까? 함께 누우면 언제나 나는 당신에게 말하곤 했지요. 여보, 다른 사람들도 우리처럼 서로 어여삐 여기고 사랑할까요? 남들도 정말 우리 같을까요?"

미르는 중간중간 읽기를 멈추고 자신의 휴대전화에 떠 있는, 무덤에서 나온 누런 종이 사진을 들여다보았다.

"당신을 여의고는 아무리 해도 나는 살 수 없어요. 빨리 당신께 가고 싶어요. 나를 데려가 주세요. 당신을 향한 마음을 이승에서 잊을 수가 없고, 서러운 뜻 한이 없습니다. 내 마음 어디에 두고 자식 데리고 당신을 그리워하며 살 수 있을까요. 이내 편지 보시고 내 꿈에 와서 자세히 말해 주세요……."

이어지는 글이 짧지는 않았지만 미르는 끝까지 천천히 다 읽었다. 고인의 아내가 엮었다는 머리카락 짚신 사진도 번갈아 들여다보았다. 그리고 미르는 어두워진 창밖으로 고개를 돌렸다. 해가 지기 전에도 바라보았던 헤이든뷰트의 정상 쪽으로.

"한국에 오면 실물을 보러 가지."

정길이 말했다.

"셋이에요, 그럼. 가이드, 닭발, 원이 엄마 편지."

"음. 셋."

미르가 돌아서며 웃었다. 역시 그렇게 웃는 게 어울렸다. 미르는 정길에게 다가와 와락 어깨를 끌어안았다. 복숭아 향이 났다.

정길의 귀에 대고 미르가 속삭였다.

"아침깜짝물결무늬풍뎅이."

"아침깜짝물결무늬풍뎅이."

정길이 따라 했다.

"자미자미 오 테의 새 이름이에요."

"아하, 그."

정길은 고개를 끄덕였지만 갑작스러운 허그에 얼른 정신을 수습하지 못했다. 알고 있었던 걸까. 몬티주마 마을에서 그녀에게 묻고 싶었던 게 그거였다는 걸. 자미자미 오 테를 뭐라 바꾸어 말할 수 있을지. 그러나 정길은 갑작스러운 충동에 휩싸여 묻지 못했었다.

다시 묻지 않았는데도 미르가 답한 것이다. 그것도 정길을 끌어안고. 귓속말로.

역시 미르는 알고 있었던 게 아닐까. 그때 정길이 얼마큼 떨고 흔들렸는지. 무엇 때문에 그랬는지. 정길마저도 모를 그 무엇의 정체를 이미 미르는 느끼고 있던 것은 아닐까.

한국으로 돌아와 쓴 연재 칼럼에도 그렇게 썼다. 귓가에 닿던 미르의 달큰한 음성과 따뜻한 입김을 떠올리며. 아침깜짝물결무늬풍뎅이라고.

"어떻게 알았지?"

그날 콜리지애비뉴역까지 배웅 나가면서 정길은 미르에게 물었다.

"자미자미 오 테를 어떻게 번역할까 묻고 싶었던 걸 어떻게 알았지?"

"그런 식으로 안다."

미르는 아르아다 흉내를 냈다.

"물어야 할 걸 묻지 못했던 몬티주마에서의 내 마음을 어떻게 알았느냐고?"

"그런 식으로 안다."

미르는 끝내 답하지 않았다. 어쩌면 그게 답이었는지도. 그런 식으로 안다. 정길의 속내도 알았을 것이다. 유카꽃을 바라보는 미르의 뒷모습에 취했던 정길의 위태로움도.

그렇다면 한국에 돌아와서도 한동안 지속되었던, 태평양 이쪽 정길의 슬픔도 미르는 알았을까. 대양을 건너 가닿았을까. 미르가 떠오를 때마다 울고 싶어지던 마음이.

———

미르가 왔다. 11시 12분. 기차는 정확한 시각에 능주역에 도착했다.

미르는 종종걸음으로 작은 대합실의 정길에게로 다가왔다. 손을 흔들며 함빡 웃으면서. 능주역이 갑자기 애리조나

의 햇빛으로 가득 찼다. 템피의 에어비앤비에서처럼 미르는
정길에게 달려와 와락 어깨를 끌어안았다.

경희
1

───────

그러다가 빵을 만난 거야

너 요즘 자주 '알았시유'라고 하는데 그 말을 할 거면 좀 제대로 해라. 잘 안 되면 차라리 '알았슈'라고 하든가.

말을 글자로 정확히 적을 수는 없어. 글자로 적자면 알았슈가 그나마 소리에 가깝긴 하지.

끝에 '유' 자만 붙이면 다 충청도 사투리 되는 줄 알아. 그래서 드라마 같은 데서도 '그래요' 대신 '그래유'라고 해. 하지만 아니야.

어디서는 '그려유'라고도 하더라. 비슷하긴 하지만 이것도 아니야. 굳이 쓰자면 그류에 가까워. 그류.

알았시유라고 말하는 너의 심보를 알지. 내가 누구냐. 나는 네 엄마고 너는 내 딸이잖냐.

알았어요. 이 간단하고 정확한 말을 두고 너는 어째서 알았시유라고 할까. 알았슈도 아닌 알았시유.

내가 모를까 봐. 양쪽에서 다 어긋나자는 거지. '알았어요' 에서도 어긋나고 '알았슈'에서도 어긋나고. 그러니까 뭐니. 알았시유에는 너의 어깃장이 들어 있는 거잖니. '알았어요'는 너무 공손하고 순종적인 느낌이 들걸. 네 잘못에 대해 '완전 인정' 같은 기분이 들 거야. 넌 그게 싫은 거지.

알았슈라고 하면 충청도 발음과 얼추 비슷한 데다 무엇보 다 내가 내는 소리에도 가깝거든. 넌 그거, 나랑 가까운 게 싫은 거지. 어떻게든 나한테 뻗대면서 겉으로만 마지못해 인 정하는 게 너의 알았시유야. 그런 거북한 느낌이 나한테 고 스란히 전해지길 바라면서 말이야.

그런 딸아이를 엄마들이 무어라 부르는 줄 아니?

아니다. 아냐. 미안하다. 내가 하려는 얘기는 이쪽이 아니 었는데, 엄마도 습관처럼 첫말이 삐딱하게 나왔다. 미안해.

서울에서 나고 자란 내가 자주 충청도 사투리를 쓰는 이 유를 말하려 했는데 어쩌다 보니 이렇게 됐네.

—

너한테 처음 하는 얘기 같은데, 나는 대전에서 대학을 다녔 어. 기숙사 생활을 했지. 학교 다니는 동안 서울 집에는 할머 니 혼자 계셨어. 네 할머니가 아니라 내 할머니. 네 외증조할 머니. 물론 방학 때는 할머니와 함께 서울에서 지냈지.

어째서 이런 얘길 지금에서야 너한테 하게 되었는지는 모르겠다만 이제 와 안 할 이유도 없어서 하는 거야. 그동안은 딱히 할 이유가 없어서 안 했던 거고. 그런 거야. 내가 하려는 지금 이 이야기도 반드시 대전이라는 지역이어야만 가능한 것이 아닐지도 몰라. 대전 얘기라기보다는 빵 얘기니까.

그곳에서 내가 먹었던 빵에 대해 말하고 싶은 것뿐이야. 단팥빵. 어쩌면 전에 없이 이런 식으로 내가 너에게 글을 남기려는 이유는 따로 있을지도 몰라. 네가 이 글을 읽을 때쯤이면 나는 더 이상 네 곁에 없는 사람일 거라는 엄연한 사실. 그거겠지. 사투리든 대전이든 빵이든 얘기하려는 이유가.

아는 사람 하나 없는 대전에서 학교를 다닌 까닭은 조금도 복잡하지 않아. 학력고사를 치르고 내가 얻은 점수로 학교와 학과를 선택하다 보니 그렇게 된 거지. 그게 다야.

다른 건 불편할 게 없었어. 할머니와 떨어져 있는 게 힘들었지. 내 엄마 아빠는 안 계셨으니까. 사고로 한날한시에 운명을 달리하셨다는 건 너도 잘 알지.

편입을 해서 서울로 갈까 생각했지. 처음 대전으로 내려갈 때는 그런 마음이었어. 그런데 편입 공부라는 것이 쉬운 일이 아니었던 데다 막상 대전에서 살다 보니 꼭 서울에 가야 할까 싶더라.

내려간 이유는 조금도 복잡하지 않았는데 서울로 올라가려니 심정이 좀 복잡해졌어. 네 아빠와 아빠의 가족과 관련

한 이유에서였지.

—

이것도 너한테 자세히 이야기하지 않은 거야. 여기서도 낱낱이 얘기하지 않을지도 몰라. 재미없으니깐. 하여간 나는 말이다, 열네 살 때 이미 네 아빠와 결혼하게 돼 있었단다.

무슨 말이냐 싶겠지. 지금 내가 내 손으로 이 내용을 쓰면서도 나 스스로 이게 무슨 말인가 싶은데 너는 오죽하겠니. 조선 시대도 아니고. 조선 시대라도 다 그랬던 것도 아닐 텐데.

시절은 바뀌었어도 희한한 옛 풍습을 낭만적으로 흉내 내는 사람들이 간혹 있었어. 지금도 아마 없지는 않을걸. 지위나 신의의 과시 같은 거랄까. 사회적 지위가 높거나 경제력이 있거나 우정과 의리가 남다르다고 착각하는 남자들끼리 자식의 미래를 걸고 자신들의 알량한 신의를 확인하려는 거.

설마 했지. 싫다는 사람 억지로 결혼시킬까. 억지를 쓴다면 흥, 도망쳐 버리면 되지. 열네 살의 나에게는 결혼이라는 게 아득히 먼 일이었어.

그런데 내 어머니 아버지가 돌아가셨잖아. 나는 할머니와 단둘이 남게 되었어. 그리고 정혼자와 정혼자의 가족이라는 이유로 나와 할머니는 아빠네 가족으로부터 각별한 배려를 당연한 듯 받게 되었지. 무엇보다도 경제적으로.

내 성격에 정혼이라는 건 말도 안 되는 웃기는 얘기였는데, 어린 나이에 갑자기 할머니와 둘만 남게 되니까 주눅이 팍 들더라.

드라마 같기만 한 그런 현실이 나는 진짜 싫었는데 네 아빠는 그냥 덤덤해 뵈더라고. 어쩌다 아빠네 가족 행사에 초대되어 가면 고등학생이었던 네 아빠는 나를 보고도 말이 없었지.

그쪽 가족들은 어린 아빠와 나를 번갈아 바라보며 어떤 재밌는 광경을 노골적으로 기대했는데, 멀끔하니 생긴 네 아빠는 그냥 나를 바라보고만 있었어. 표정도 없이.

바보인가? 그런 생각이 들더라. 나한테 어떤 표정이든 짓든가 말을 걸든가 하기를 바랐는데 그러지 않아서 바보 같았다는 얘기가 아니야. 나는 그러길 바라지 않았거든. 정말. 그냥 그렇게 덤덤한 게 차라리 나았으니까.

말 없고 표정 없이 멀끔하기만 한 그가 그냥 바보 같았다는 얘기야. 그냥. 더도 덜할 것도 없이. 저런 사람과 결혼한다는 건 완전 비극의 웨딩케이크 여주인공이 되는 거고, 이 드라마는 희대의 웃음거리가 되는 거였지.

그런데 그런 사람이 대학을 가더니 확 달라지더라. 어쩌다 가족 행사에서 만나면 지난겨울은 잘 지냈느냐, 그동안 키가 더 큰 것 같다, 건강하고 예뻐 보여 참 고맙다, 뭐 이런 징그럽고 꼰대 같은 말을 눈 하나 깜짝 안 하고 잘도 하더라고.

그런데 더 이해할 수 없었던 것은 뭔 줄 알아? 나였어. 졸려서 기우는 고개처럼 스르르 기울어지더라는 거야. 그에게로 말야. 물론 좋아서가 아니었어. 정말정말 그건 아니었지. 아니면서도 그렇게 되니까 이해할 수 없고 더 싫었던 거야.

이해할 수 없어도 고개가 그쪽으로 스르르 기울어진다면 기울어질 만한 이유가 있어서인 거고, 그렇다면 이유를 알든 모르든 기울어지는 대로 기울어지면 될 거 아니겠어? 그런데 그마저도 아니었다는 거야.

그러니까 더 더 이해할 수 없는 노릇이었지. 맘에 안 들어. 그런데 맘에 들어. 그래도 맘에 안 들어. 이게 말이 되는 거냐고. 징그러운 대학생이 된 네 아빠는 그렇다 쳐. 그럼 나는 뭐냐고. 내숭? 엉큼?

아니잖아. 그런 것과는 당초에 거리가 먼 성격이라는 거 네가 증명해 줄 수 있잖아.

어딘가 치졸하고 비겁하다는 생각이 들었어. 어린 나이에 갑자기 부모를 잃고 늙으신 할머니와 둘이 생존해야만 하는 절박함이 나 스스로를 속일 만큼 비겁하게 만들었구나.

내 본바탕이 순종적인 인간이었다면 몰라. 나를 닮은 너니까 내가 어떤 심정이었을지 너는 누구보다 잘 알 거라 믿어. 그런 내가 그들의 초대에 응하고, 농담 섞인 인사에 답하고, 언제나 필요 이상으로 베푸는 그들에게 심정적인 감사를 강요당해야 했어.

물론 당당하게 원하고 누릴 권리가 나에게 없지는 않았
지. 저쪽의 아버지와 내 아버지는 같은 군수지원단에 근무하
던 영관장교였고, 같은 시기에 전역해서 함께 사업을 시작한
동업자였어.

아빠의 아버지, 그러니까 네 할아버지는 나에게 늘 말했
단다. 나의 아버지가 아니었다면 지금 같은 기업으로 성장할
수 없었을 거라고. 공연한 칭찬은 아니었어. 재계에서도 다
내 아버지의 공헌을 인정하는 편이었으니까.

하지만 나는 어쩐지 그들 앞에서 당당하지 못했어. 어린
내가 감당할 수 있는 게 사실은 별로 없기도 했으니까. 그나
마 사업 동료의 유족인 나와 할머니를 알뜰하게 챙기는 그
분, 나중에 네 할아버지가 되신 분께 감사할 따름이었지.

네 아빠에게도 반감이 있었던 건 아니야. 솔직히 그냥 내
스타일이 아니었을 뿐이지 어디 하나 빠지는 사람은 아니었
으니까. 내가 좋아할 만한 취향의 표현법은 아니었어도 나름
나에게 친절했고, 따뜻한 관심을 보여 주었어. 진심이 느껴
지는.

하지만 그게 미래의 아내에게 보이는 친절과 관심이겠거
니 생각하면, 당연하다 생각하면서도 싫었어. 말하자면 아빠
한테는 아무 잘못도 없었던 거야. 정혼자에 대한 예의와 관
심, 그리고 그에 준한 책임과 사랑의 감정이었을 테니까.

문제는 나였지. 내 문제였지. 그가 싫지는 않아도 그와 결

혼하고 싶지는 않았으니까. 나는 기필코 내가 선택한 사람과 결혼하고 싶었어. 좋아하는 사람과 결혼하고 싶지, 안 싫은 사람과 결혼하고 싶지 않았다는 말이야.

안 싫었다는 것도 그래. 정말 안 싫었을까. 바보 같았다가 징그러워진 그가 정말 안 싫었을까. 못 싫은 건 아니었을까. 세상에는 나와 할머니뿐이었으니까. 그러니까 못 싫어했던 것은 아니었을까.

—

대전으로 내려갈 때는 전혀 안 복잡했는데 서울로 다시 올라가려니 복잡해지더라는 얘기가 그 얘기야. 서울이라는 곳은 어딘지 그의 집 울타리 안 같았으니까.

위협적이기는커녕 다사롭기까지 한 그들이었는데 네 아빠에게는 정이 생기지 않더라. 그게 네 아빠의 불행이기도 했고. 네 아빠의 불행을, 불행의 제공자로서 맞닥뜨리고 싶지 않았던 거겠지.

대신 대전은 금방 정이 드는 도시였지. 서울과 멀다는 게 가장 큰 이유였던 것 같고, 다음은 아무래도 말 때문이 아니었을까 싶어. 알았슈, 그류, 그런 말.

대전이 서울에서 멀다고는 해도 거리가 좀 그렇다는 것뿐이지 옷차림새나 사는 모양은 그다지 다를 것도 없었어. 대전도 무지 큰 도시잖아. 나처럼 서울에서 내려온 학생들이

전체 학생의 3분의 1 정도였고.

대학 새내기들 멋 내고 싶어 하는 건 신촌이나 대전이나 다를 게 없었어. 고등학교와 대학의 차이점이 그거잖니. 교복이 있느냐 없느냐, 화장을 할 수 있느냐 없느냐. 얼마나 멋 부리고 싶었겠어. 말하자면 이대 앞 대학생과 대전 대학생의 옷과 화장품은 같은 거였다는 거지.

그럼 뭐가 달랐겠어. 말. 그거 하루아침에 달라지는 게 아니잖아. 물론 달라지려고 하지도 않았고. 그러니까 알았슈와 그류가 자연스럽게 나오는 거야.

그런데 참 이상하지. 이대 앞 패션에 알았슈는 어딘지 안 어울린다는 느낌이 들었어. 왜 그럴까. 그 이유는 찾기도 힘 들고 찾아도 쓸데없었을 거야. 그래서 그냥 궁금해하기만 했지 알려고 하지는 않았어.

이대 앞 패션에 알았슈가 이상하다는 게 아니고, 그게 어딘지 안 어울린다고 느끼는 내가 이상했다는 거야. 다시 말해야겠다. 어느 쪽으로든 이상하진 않았어. 신기하고 재밌고 정이 확 끌렸던 것뿐이지. 대전에 정든 이유를 지금 말하는 중이었잖아.

그랬어. 말하다 보니 박송숙이라는 이름이 쏙 떠오르네. 집이 태안인 친구인데 작고 귀엽고 눈이 까맣고 반짝이는 애였지. 볼의 여드름까지 기억나. 반 곱슬 머리카락도. 목소리는 또 얼마나 또랑또랑했던지.

나와 친했어. 갤 보려고 학교 다니는 거 아닌가 싶었을 만큼. 어쩌다가 미처 못 보고 지나치기라도 하면 송숙이는 그 또랑또랑한 목소리로 "워디 가는겨?" 하고 물었어.

네가 이런 장면을 상상할 수나 있을지 모르겠다. 송숙이의 표정과 목소리가 빚어내는—'빚어내는'이라고 해야 돼—환하고 앙증맞아 급 행복해지는 분위기.

송숙이는 이어 말하지. "즘심 같이 먹을규?" 나는 대답도 얼른 못 해. 걔가 하도 예뻐서. 그냥 으스러지게 껴안아 주며 으하하하하 웃을 뿐이었지 나는.

송숙이도 송숙이지만 걔가 쓰는 사투리 때문이었을 거야. 태안 말고도 서산이나 당진, 서천, 홍성, 부여, 논산, 공주에서 온 친구들이 많았거든. 스무 살의 그들이 아무렇지 않게 "술 좀 혀?", "집에 가는규?", "엄청 대간햐"라고 말하면 나는 재밌어서 그냥 숨이 넘어가 버렸어.

송숙이는 단연 예뻤지. 작고 가는 데다 옷도 참 잘 입어서 리틀 인도 바비 같았거든. 그 인형에 말하는 기능을 넣어 배꼽을 누른다면 "자꾸 왜 그랴?"라고 말했을 거야.

할머니가 보고 싶으면서도 대전에 숨고 싶었던 마음을 알겠니? 할머니를 대전에 내려오시게 할까도 생각했었어. 하지만 거리가 멀어지면 연로한 할머니를 보살피기 힘들다며 네 할아버지가 만류했지. 나는 기숙사에 있었으니 먹고 자는 데는 아무 불편이 없었고.

—

그러다가 빵을 만난 거야.

빵은 물론 먹는 빵을 말하는 거지만, 빵 가져다주는 학생의 별명이기도 했어. 다른 친구들에게 그를 칭할 때 내가 몰래 썼던 호칭이어서 그는 내가 자기를 빵이라고 부른다는 걸 몰랐지.

그를 빵이라고 했다니까 은근 무시했다는 느낌이 드니? 그런 건 아니었어. 무엇보다도 내가 그 빵을 무지 좋아했으니까. 그가 가져다주는 빵.

단팥빵이었는데 뭐랄까, 맛있었어. 어떻게 맛있었냐고 물으면 할 말이 없는데, 그래서 그냥 맛있었다고밖에 말할 수 없는데, 그렇게 말하고 나면 또 언제나 아쉬움이 남는 그런 맛. 지금 내가 말이 되는 소리를 하고 있는 거니?

말로 할 수 없지만 맛있는 빵. 이렇게밖에 말 못 하겠다. 까칠한 내가 염치 따위 나 몰라라 하고 빵을 얻어먹은 거잖니. 그러니 너도 그 빵 맛을 어느 정도는 짐작할 수 있겠지.

가방에 넣어 가져왔기 때문에 빵은 늘 찌그러져 있었어. 복원력 따위 1도 없어서 다 먹을 때까지 꾸준히 찌그러진 채로 내 입에 잠식되던 빵.

빵 얘기를 하자니 입에 침이 돈다. 그래, 좀 시큼했던 것 같기도 해. 막걸리 끝맛 같기도 했고. 그런데 그건 혀로 느끼는 맛이 아니었던 것 같아. 비강이라고 해야 하나, 콧속에 가득 차던 맛이었으니 시큼했어도 그걸 향이라고 해야 하지 않을까?

향이라고 하니까 좀 이상하긴 하다. 하여튼 그런 빵이었지. 빵의 윗껍질은 살짝 탄 듯 짙은 갈색이었고, 그 갈색 표면과 흰 빵살 사이에 약간의 공백이 있었어. 내 윗니가 윗껍질을 누르듯 자르고 들어가면 빵살에 닿기 전에 잠깐 공백을 지나는데, 그 공백이라는 것이 껍질과 빵살 간 감촉의 대비를 극대화하지.

극대화라는 말이 좀 그런가. 하지만 내겐 지금 이런 식의 회상이 중요해. 빵 맛이라는 것은 혀뿐만 아니라 콧속과 치아 끝과 입천장, 때로는 씹는 소리의 청각 정보까지 개입해 이루어지는 거니까.

그 빵을 꾸준히—정말 질리지 않았으니까—먹으면서 갖게 된 감각이라고 해야 할까. 먹을수록 내 미각이 민감해졌던 거겠지.

매일매일 그걸 먹었어. 그가 매일매일 갖다주었으니까. 빵살의 기포도 고르지 않아 거친 듯 보였고 달걀, 버터, 탈지분유 이런 거를 첨가하지 않은 것 같았어. 소금만큼은 정량을 넣었던 것 같다.

심하게 말하면 간간한 것 빼곤 아무 맛도 없는 빵이었지. 반쯤 으깬 단팥의 식감이 빵 맛의 전부인 것만 같았는데 그럴 리 있었겠어? 단팥은 단팥대로 빵살은 빵살대로, 기포와 공백과 거친 식감은 그것들대로 단팥빵의 맛을 이루었겠지. 나는 그 맛에 반하여 염치없이 빵을 받아먹었을 거고.

그러니 빵이라는 호칭에 어찌 멸시의 뜻이 담길 수 있었겠냐고. 그 반대였어. 난 진정으로 그 빵을 좋아했고, 그 빵을 먹을 수 있게 해 준 그가 고마웠어. 편입고사를 완전히 체념하게 만든 마지막 이유가 그 빵이었던 것도 같아. 거기 아니면 그 빵을 못 먹을 것 같았거든.

하지만 그 빵을 즐기는 데는 한 가지 애로가 있었어. 애로라는 말을 네가 알까? 뭐랄까, 좀 곤란한 거. 쉽지 않은 거. 그는 빵을 갖다주었고 나는 그 빵을 즐겼는데, 그것으로 고마워하고 미안해하고 그랬으면 좋았으련만 그게 쉽지 않았다는 거야.

빵이, 그러니까 그가, 나를 좋아했거든. 내가 좋아서, 그 빵을 좋아하는 나에게 가져다주었던 거야. 매일.

그런데 나는? 나는 먹는 빵만 좋아했고 부르는 빵은 좋아하지 않았어. 싫어했다는 얘기는 아니야. 그러나 분명한 건 좋아하지도 않았다는 거지.

어떻게 해야 할까, 고민이었을 수밖에. 그의 마음을 받아들일 수 없을 바에야 빵도 받지 말아야 하는 것 아닌가. 하지만 그 마음이라는 게 빵처럼 주고받을 수도 없는 것일뿐더러, 단지 고맙다는 이유로 그의 마음까지 받아들일 성질의 것은 더더욱 아니지 않은가. 그런 고민에 시달렸어.

그러니까 답은 이미 나와 있었던 셈이지. 빵의 마음을 받아들일 수 없다면 빵도 받지 마라.

그런데 미르야. 빵 맛이 그게 아니었다니까. 내가 이기적인 데다 비겁하기까지 하다고 너는 말하겠지. 하지만 네가 그 빵을 한 번만이라도 먹어 봤다면 엄마의 마음을 대번에 이해할 수 있을 거라 믿어. 그런 빵이었거든.

그래서 매일매일 그 빵을 받았지. 그걸 '한 가지 애로' 정도로 말한 건 내 잘못인 것 같다. 나도 고민이긴 했지만 그의 번민에 비길 수나 있었겠니. 남의 크나큰 번민을 한 가지 애로 정도로 간주해 버리다니.

알았슈, 그류, 술 좀 혀? 이런 한 마디 말에도 반색을 아끼지 않았던 내가 세상에서 가장 맛있는 빵을 들고 오는 사람에게는 인색했던 거야. 하기야 인색하지 않았으면 또 어쨌을까 싶기도 해. 그에게 희망 고문까지는 차마 할 수 없었으니까.

그러고 보니 미르야, 그 빵이 말이다, 충청도 말을 전혀 안 썼구나. 안 썼지 뭐냐. 충청도에서 나고 자랐다는 그가 어째서 표준말만 썼을까. 그렇다고 서울말이라고는 할 수 없었어. 하지만 표준말이었던 건 맞아.

궁금하지? 그 사람에 대해 좀 더 말하면 너는 알 수 있게 될까. 내가 그의 마음을 받아들이지 못하면서 빵만 덥석덥석 받아먹었던 이유를.

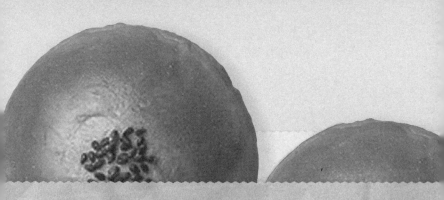

미르
2
———

로이, 윤중엽, 윤정길,
그리고 우동

사태의 시작은 햇살마을, 그의 집에 발을 들여놓으면서부터였다.

빵 냄새가 가득했고, 그것은 무언가 불길할 정도의 강렬한 암시를 불러일으켰다.

미르는 알고 있었다. 빵 껍질의 당질이 캐러멜화하면서 생기는 향이라는 것을. 아미노화합물과 관련된 메일라드 반응의 원리까지 설명하면서 BB가 신나게 떠들던 바로 그 빵 냄새라는 것을.

원리까지는 알지 못했고 알 필요도 없었다. 미르의 일은 제빵과 상관없이 나무개제과점에서 허드렛일을 하며 전설의 출현을 기다리거나 찾는 것이었으니까.

로이. 그의 집에서 나는 냄새가 빵 냄새라는 걸 알아차리는 데는 카르보닐화의 원리 따위 몰라도 상관없었다. 빵 냄새라는 걸 모를 사람은 없었으니까. 다만 미르는 조금 다른 걸 느꼈다.

영산로75번길에 들어서면 누구나 맡게 되는 나무개제과점의 빵 냄새. 사람들의 발길을 붙잡는 그 냄새가 이제 막 오븐에서 나온 빵의 뜨거운 숨 같은 것이라면, 그의 햇살마을 집 빵 냄새는 어딘가 숨죽인 듯했다. 생동하는 기운이 아닌 은둔의 느낌.

냄새에 온기가 전혀 없다고는 할 수 없으나 나무개제과점 빵이 끼치는 정도에 비하면 미미한 수준이었다.

그의 집에 들어설 때 느꼈던 강렬한 암시라는 것도 냄새의 강렬함이 아니었다. 물러서고 머뭇거리는 듯한 옅은 냄새, 드러나지 않는 그 가만한 낌새가 오히려 많은 시간과 예사롭지 않은 사연을 품고 있을 것만 같았다.

능주역에서 그의 어깨를 안았을 때 미르의 코끝을 스치던 것이 있었다. 그것이 빵 냄새였는지도 몰랐을 만큼, 그의 집에 배어 있는 구수함이라는 것도 다가와 찌르는 기운이 아니라 그 자리에 가만히 머무르며 무언가를 기다리는 느낌이었다.

그래서 미르는 선뜻 묻지 못했다.

주방 귀퉁이에 놓여 있는 소형 버티컬 반죽기와 우녹스 오븐만 보아도 그곳이 빵 만드는 공간임을 쉽게 알 수 있었다. 빵에 관한 것은 물론 그로 인해 사람에 관한, 말하자면 전설에 관한 정보까지, 어쩌면 그보다 더한 것을 얻을지도 모른다는 설렘이 미르를 육박해 왔다.

강렬한 암시란 그거였고, 미르는 벅차고 수상해서 선뜻 그에게 빵에 대해 묻지 못했다.

로이는 냉장고에서 재료를 꺼내 다듬었다. 서두르지는 않았으나 손은 빨랐다. 그린파파야 대신 껍질 벗긴 참외와 오이를 채 썰었다. 솜땀 밑재료는 미르와 다를 게 없었으나 템피에서는 없었던 타마린드가 보였다.

"이게 들어가야 한대서."

그가 말했다.

"그게 있어야 맛이 제대로 나는데 피닉스에서는 못 구했어요."

무심하게 답하며 미르는 조심스레 주방을 둘러보았다. 나무개제과점에서도 볼 수 있는 스크래퍼, 거품기, 전자 저울, 앙금 주걱, 발효 케이스, 게다가 발효실까지.

"태국 사람이 주인인 광주 식당에서 이걸 보내 주었지."

그는 스테인리스 볼 안에 든 것을 쾅쾅쾅쾅 소리 내어 빻았다.

"하, 쾅쾅쾅쾅 빻으시네요."

미르가 웃었다.

"미르가 왜 쾅쾅쾅쾅 빻는지 템피에서는 몰랐는데……."

"쾅쾅쾅쾅 빻아야 한대죠?"

"땀이 쾅쾅쾅쾅 빻는다는 뜻이라며? 땀이라는 게 탐인 거잖아, 탐. 솜탐. 그러니까 탕탕탕탕이 더 어울릴지도 몰라."

"솜은 시다는 뜻이고요. 땀은 탕. 그러니까 솜땀은 신 것을 탕탕탕탕. 신맛의 타마린드가 들어가야 하는 거지요."

"템피에서는 타마린드가 없었다며."

"발사믹소스를 썼어요. 타마린드를 넣고 탕탕탕탕 했어야 하는데."

"타마린드가 아니더라도 마른 통고추 때문에라도 탕탕탕탕은 해야잖아."

대화가 쾅쾅쾅쾅 탕탕탕탕 이어지는 동안 미르는 무언가를 참고 있었다. 어쩌면 그가 음식을 완성하고 그것을 먹고 벤자롱 허브티라도 마시게 될 때까지. 그때까지는 시간이든 궁금증이든 견뎌 보자고 생각했다.

그가 음식을 만드는 동안 미르는 햇살마을의 가을 햇살을 내다보았다. 마을 뒷산에 단풍이 한창이었다.

로이가 솔로인 것을 알고 있었던가. 그가 그 사실을 말한 적이 있었던가. 빵 제작에 관련된 도구들을 제외하더라도 그의 집을 구성하고 있는 집기와 꾸밈은 누가 보아도 혼잣살림이었다. 낌새랄 것도 없이 그것은 집 안의 빵 냄새만큼이나 은밀하면서도 완연했다.

그의 형편을 살피는 게 어색해지면 미르는 다시 창가로 가 앞산의 단풍을 바라다보거나 그에게 말을 걸었다.

"템피에서 보았던 산과 높이와 규모가 비슷해요."

"산 이름이 뭐였는지 기억해?"

"헤이든뷰트."

"이 산은 안산."

"안산?"

"마주 보이는 산이라는 뜻. 그래서 한국에는 안산이 많아."

"남산도 남쪽에 있는 산이 아니라 원래는 앞산이라는 뜻이라면서요?"

"그걸 아네."

그와 얘기를 나누는 동안 궁금증은 견뎌졌다.

———

솜땀과 카오카무, 팟 까파우 무 쌉을 먹는 동안에도 오븐과 믹서와 발효실에 대한 궁금증은 미루어 둘 수 있었다. 라인 가우가 아닌 알자스 지방의 것이었지만, 어쨌든 피노 그리를 함께 마시면서도.

"로이라고 하니까 좀 그런가요? 여기는 한국인데."

말하면서 미르는 스스로 놀랐다. 빵에 관해 묻지 않고 호칭 얘기부터 꺼내는 자신에 대해. 그런 시작이 어딘가 훌륭해 보였다.

"한국이 무슨 상관? 미르와 둘이서만 쓰는 호칭일 뿐인데."

둘 사이에는 마지막 잔이 놓여 있었다.

"미스터 윤이나 중업 아저씨라고 부르는 것도 좀 그렇긴
하죠?"

"아아, 되게 이상해. 로이가 나아."

"중업. 흔한 이름은 아닌 것 같아요."

"백과사전에 나오는 건축가 중에 그런 이름이 있었어. 중
업. 한자도 같아."

그는 탁자 위에다 손가락 끝으로 빈 글씨를 썼다.

重業.

"무슨 뜻일까?"

"몰라. 그분이 어떤 의미로 썼든 나는 두 개의 직업, 아니
면 두 번째 직업이라는 뜻으로 그 이름을 받아들였던 거지."

"이름을…… 받아들였다고요?"

미르는 귀가 뾰족해지는 기분이 들었다. 본명이 아니라는
얘기였으니까.

"생활 문화 칼럼을 연재하게 되면서 쓰기 시작한 이름."

"두 번째 일이라면 첫 번째 일은……."

"보다시피."

그가 자신의 주방 한편을 가리켰다. 갈고리 훅 모양의 탁
상 믹서와 랙이라고 부르는 가동식 선반이 있는 쪽을.

입에서 빵이라는 말이 튀어나올까 봐 미르는 꾹 참았다.

"그러니까 본명이…… 아니시구나."

슬쩍 말머리를 돌리는 듯한 미르의 이 말은 사실은 피니시 블로 같은 거였다. 당신의 이름을 대시오, 라는 명령이었다. 그는 몰랐겠지만.

"제빵사 윤정길이었지."

윤정길.

멀쩡하게 말하고 있었으나 그는 미르의 마지막 펀치에 완전 녹다운된 복서나 마찬가지였다. 금산의 군북초등학교와 전설의 군기교육대 동기를 찾아갈 때 미르가 들고 갔던 이름이 윤-정-길이었으니까.

모든 게 분명해졌다. 불길할 정도로 강렬했던 암시란 이것이었다. 이상한 일이지만 너무도 가까운 곳에서 저절로 전설이 찾아진 거였다.

전설은 아무것도 모른 채 미르와 마주 앉아 있었다. 마지막 피노 그리 잔을 앞에 두고.

사람들이 당신을 우당이라고 부른다는 것도 나는 알아요. 미르는 잠깐 승자의 기분이 되어 속으로 중얼거렸다.

그러나 얼마 안 가 미르는 큰 펀치를 얻어맞은 쪽이 자신이라는 사실을 깨달았다. 정신이 어쩔한 게 피노 그리 때문만은 아니었다.

우연한 기회에 아는 사람과 마주친다는 게 드문 일만은 아니었다. 그러나 그런 우연과는 달랐다. 미르는 한국에 와서 단팥빵의 전설을 찾지 않았던가. 그리고 찾았다. 찾고 보니 잘 아는 사람이었다. 이것을 단순한 우연이라고 할 수만은 없었다.

한국에 왔으니, 엄마의 단팥빵이 어떻게든 해결되고 나면 그렇잖아도 만나 보려 했던 사람이었다. 로이. 윤중업. 그런데 이런 곳에서 이런 식으로 마주치다니. 이 사태를 어떻게 받아들여야 할까.

알 수 없었다. 알 수 없는 일이 눈앞에 닥쳐 있으니 의식이 온전할 리 없었다. 윤정길로부터가 아니라, 말 그대로 사태, 몽매와도 같은 사태에 한 방 얻어맞은 꼴.

미르가 말을 잃자 취기를 살피려는 듯 정길이 미르의 눈을 들여다보았다. 온전한 건 오히려 정길 쪽이었다. 녹다운된 건 미르였고.

미르는 위축되었다. 능주에 전설이 있으리라고는, 더구나 그 전설이 로이일 거라고는 꿈에도 생각지 못했다. 그러나 사태는 엄연히 눈앞에 벌어졌다. 벌어지기만 했고 수습될 기미는 없는 사태. 그것이 미르를 졸아들게 했다.

정신 차려 김미르. 스스로를 일깨웠다. 넌 어디까지나 로이를 만나러 능주에 온 거야. 전설이 아닌 로이를. 속으로 몇 번 중얼거리고 나자 간신히 정신이 돌아왔다.

그렇지. 나는 로이를 만나러 능주에 왔지, 전설을 만나러 온 게 아니야. 로이에게는 내가 전설도 우당도 모르는 애리조나의 김미르일 뿐이야. 한국에 오면 함께 닭발을 먹고 원이 엄마의 편지를 보러 가기로 약속했던.

그토록 찾던 단팥빵의 전설이 바로 당신이었습니다, 라고 그에게 말하지 않길 정말 잘했어. 나는 지금 닭발과 원이 엄마의 편지보다는 내 엄마의 단팥빵이 더 시급해. 그러니까 그가 단팥빵을 만들도록 해야 한다는 것.

그러니 그에게 단팥빵을 내놓으라고 윽박지르기보다는 어쨌거나 그 스스로 단팥빵을 다시 만들도록 하는 게 무엇보다 중요해. 스스로. 빵 때문에 세상에서 사라져 은둔하는 사람이니까. 이름마저 중업으로 바꾸고 글쓰기를 시작한 사람이니까. 빵 만들라는 말을 섣불리 꺼낼 수는 없지. 그나마 빵 만들기를 아주 그만두지 않고, 혼자서 자기만의 시도를 멈추지 않고 있다는 게 얼마나 다행한 일인가.

아무튼 그의 단팥빵이니 전설이니 하는 것에 대해서 나는 아무것도 모르는 거야. 어설프게 달려들었다가는 그의 시도에 방해만 되고 아예 일을 통째로 그르칠 수도 있겠지. 전설의 단팥빵을 영영 맛보지 못할지도 몰라. 나에게 그는 어디까지나 로이인 거야.

빵에 대한 절실함이라면 그를 능가할 사람도 없을 것 같았다. 미르로서는 단팥빵에 대한 그의 오랜 기원이 식지 않기를 바랄 수밖에 없었다. 그리고 그가 기원을 이루는 데 어떤 도움이 될 수 있을까 속으로 골몰할 수밖에.

정길
2

그러니 제발
세상으로 나오세요

미르가 갔다.

정길은 산단풍이 내다보이는 햇살마을 자신의 집 거실 창가에 앉았다. 이따금 눈길을 돌려 미르의 흔적을 찾았다.

의자도 술잔도 비어 있었으나 미르의 자취는 역력했다. 불과 20분 전 저곳에 앉아 무 쌈의 바질을 골라 먹으며 천천히 포도주 잔을 입으로 가져가던 미르의 모습이 선했다.

그 아이가 이곳에 나타나다니.

미르에게서 전화를 받고, 방문 날짜를 정하고, 그녀를 기다릴 때만 해도 긴가민가 실감이 나지 않았었다.

이제 그녀는 갔고 와인 향만 남았다. 빈자리를 보고 있으려니 마주하고 앉았을 때보다 그녀의 존재가 더욱 환하고 또렷해졌다. 빈자리에 들어차는 슬픔과 쓸쓸함마저도 새록새록 미르의 존재감을 불러일으켰다.

무슨 말을 나누었던가. 미르의 어떤 것들을 기억하는가. 나에게 감각되었던 미르는 무엇이었던가. 후회가 되었다. 좀 더 차분하게, 그리하여 무엇이든 더 많이 미르를 느꼈어야 했다고.

그 아이가 이곳에 나타나다니.

미르가 돌아가고 나자 비로소 그녀가 능주에 왔었다는 사실이 의심할 나위 없어졌다. 회한과 더불어 그것은 더욱 명료해졌다.

"혼자 갈게요."

미르는 정길의 배웅을 한사코 사양했다. 능주역까지 혼자 걸어가겠다고 했다.

"혼자?"

정길은 미르의 의중을 알 수 없었다. 궁금하기보다는 어쩐지 불안했다.

"당황하셨구나."

미르가 웃었다.

"문 앞에서 보내는 건 멀리서 온 사람한테 예의가 아니라서."

"멀지 않아요. 두 시간도 안 걸리는걸."

애리조나에 재빨리 목포로 응수하는 미르가 한편 야속했지만 정길도 더는 고집하지 않았다.

미르는 은행나무와 벚나무로 이어진 길을 따라 천천히 멀어져 갔다.

날은 더없이 맑았다. 눈부신 오후의 가을빛 때문인지 미르의 한쪽 어깨에 떨어져 내리는 그림자는 외려 짙고 무거워 보였다. 건강이 좋지 않다는 어머니와의 한국 일주가 생각보다 걱정스러운 사정은 아닐지.

미르는 어머니와 함께 목포에 얼마간 더 머물 거라고 했다. 개조한 적산가옥 숙소 2층에서 바라보이는 삼학도 풍경이 좋다고. 그러나 정길이 상상하는 두 모녀의 풍경은 어쩐지 맑고 밝은 남도의 가을 경치 같지 않았다.

그녀의 어머니는 한국을 떠난 뒤로, 그리고 미르는 태어나 처음으로 방문한 한국이랬다. 두 모녀가 목포의 구도심에 자리한 적산가옥 숙소에 머무는 것이라면 숙소의 창가에 어리는 가을햇살이 아무리 밝든, 멀리 바라다 보인다는 삼학도의 정경이 아무리 고즈넉하든 모녀의 모습은 그다지 산뜻하게 짐작되지 않았다.

그들의 여정이 언제 끝날지는 몰라도, 아무려나 그들은 피로한 몸을 쉬기 위해 어쩔 수 없이 목포에 머무는 것일지도 몰랐다. 능주의 가을 길을 혼자 걷겠다던 미르, 그녀의 어깨 위로 떨어져 내리던 짙은 그림자, 왠지 정처가 없어 보이는 그녀의 발걸음이 정길에게 외롭고 허전한 소회를 불러일으켰다.

"또 올 거니까요. 그러니까 매번 마중하고 배웅하는 거는 안 해도 될 것 같아요."

정길의 집을 나서며 미르가 했던 말이었다.

정길의 귀에 '또'와 '매번'이라는 단어가 날아와 꽃처럼 활짝 피었다. 그것이 아니었다면 미르를 문밖에서 배웅하지 않았을 것이다.

———

성이 고고 이름이 참인 고참 기자에게 설득당해 정길은 한 번 세상에 나갔던 적이 있었다.

미르의 포도주 잔에 아직은 피노 그리가 남아 있을 때 정길은 그 일을 회상했다.

세상에 나갔다는 건 다시 빵을 만들어 나무개제과점의 매대에 올려놓았다는 걸 뜻했다. 미르가 그 얘기를 BB로부터 언뜻 들은 적이 있다는 사실을 정길이 알 리 없었다.

"개인의 행복과 다수의 행복이라는 관점에서 접근해 볼 수도 있는 문제라고 봐요."

관점과 접근 같은 말은 고 기자가 자주 쓰는 단어였다.

정길은 고 기자의 말뜻을 알았다. 많은 사람이 정길의 단팥빵을 좋아하고 먹고 싶어 기다리는데 자신의 마음에 들지 않는다는 이유로 제빵을 작파하고 숨어 버리면, 개인의 행복을 위해 많은 이의 행복을 희생시키는 꼴이라는 것.

"빵 만드는 사람이라면 빵 만드는 일에 자긍심이 있어야지요. 긍지를 가지려면 무엇보다 자기가 만드는 빵에 한 점 부끄러움이 없어야 한다고 봐요. 마음에 안 드는 빵을 남들한테 먹으라고 할 수는 없어요."

정길은 말했다. 고 기자와의 대화는 그런 식이었다. 고 기자가 잘 쓰는 말로 하자면 관점이, 서로의 관점이 좁혀지지 않았다.

고 기자는 정길에게 지면을 주어 빵이나 기타 베이킹 푸드와 관련된 칼럼을 쓰게 한 자신의 판단을 후회하기도 했다. 손을 놓고 있더라도 빵에 대한 주의를 끊지 말아 달라는 뜻으로 권한 일이었는데, 그즈음 정길은 빵보다는 글 만드는 일에 점점 몰두하는 것처럼 보였으니까.

"제가 왜 그 뜻을 모르겠어요. 무엇을 만들든 무언가를 만드는 사람이라면 자긍심과 사명감을 가져야지요. 현실 안주, 안 되지요. 작가도 디자이너도 기자도 제빵사도 마찬가지잖아요. 최선을 위해 늘 한발씩 더 나아가야 하는 거, 당연해요. 그런데 그 기준이나 수준이나 만족도가 대중과 너무 멀어져 버리면 오히려 괴리감만 생기죠. 그렇게 되면 우당이 매우 흡족할 만한 작품을 만든다 해도 사람들은 미처 그 맛을 못 느낄지도 몰라요. 그건 좀 비극적인 느낌이 들잖아요."

"나는 분명 아닌데, 빵 맛이 그게 아닌데 사람들이 좋아하니 만들어라? 빵 맛이라는 것도 변하고 개발돼요. 술맛, 커피

맛처럼요. 그러니까 사람들이 좋아한다고 그 맛에 맞추어 버리면 결국에는 사람들의 입맛이 고착되거나 퇴행해요. 그것에 대한, 나에게 남는 양심의 문제는 어떡하라고요."

그때의 일을 회상하다가 정길은 문득 미르 앞에서 열심히 말하고 있는 자신이 멋쩍어졌다. 어쩌다 고 기자 얘기까지 오게 되었을까. 방문객에게는 어딘가 예사롭지 않을 집 안의 이런저런 제빵 기구들. 그것에 대한 변명이 필요하다고 여겼던 걸까.

그렇다고는 해도 열심히 말할 것까지야. 능주까지 와 준 미르 앞에서 마음을 다해 길게 할 얘기는 아니었다.

멋쩍어진 이유를 알 것도 같았다. 열심히, 마음을 다해 길게 하고자 하는 것은 고 기자 얘기가 아닐지도 모르니까. 고 기자 얘기를 하고 있지만, 그것을 위해 발휘되는 열성의 출처는 전혀 다른 곳이라는 것.

5년 만에 미르가 나타난 것이다. 한국에 불쑥. 그것도 능주의 햇살마을 정길의 주거 공간 한복판에. 눈앞에 보고 있어도 믿기지 않을 사태. 정길은 정길대로 그 사태를 견디고 있는 것이었다.

수년간 못내 떠올리고 떠올리다 간신히 진정되던 즈음의 갑작스러운 출현. 반갑고 사무쳐서 미르를 향한 자신의 마음이 이토록 애틋했던가 새삼 놀라 어쩔 줄 모르던 터에, 마침 빵 얘기의 구실을 찾았고 중뿔나게 고 기자 이야기까지 이어졌으니 그 딴청에 어찌 스스로 멋쩍지 않을 수 있을까.

그렇더라도, 그렇기 때문에 마냥 길어질 수는 없는 거였다. 감추어진 열성의 출처가 따로 있다는 것은 정길의 일일 뿐 미르에게는 빵도 고 기자도 관심 없는 것일 테니까.

—궁금해요.

그런데 미르가 말했다. 궁금해요. 눈을 동그랗게 뜨고 말했다. 빠르게. 미르의 눈빛에서 취기 따위는 느껴지지 않았다.

정길은 미르의 빠르고 짧은 말에서 예상치 못한 강한 자극을 맛보았다. 칼끝을 스윽 들이미는 듯한. 빵과 은둔에 대한 미르의 궁금증이 얼마나 큰지 정길로서는 알 리 만무했으므로.

고 기자와의 다소 민감했던 대화까지 미르에게 말해 버린 연유도 그 때문이었다.

"빵 먹는 사람들의 입맛이 변하고 개발된다는 우당의 말씀을 저는 어떻게 듣냐면 말이죠, 빵을 즐기는 사람들 편에서서 그들의 입맛이 고착되거나 퇴행하는 것을 막고자 하는 양심 있는 제빵사의 충정으로 들어요. 한편으로는 그래요. 그러나 다른 한편으로는…….'

고 기자는 한동안 말을 잇지 못했다.

"다른 한편으로는?"

기다리다 못해 정길이 물었다.

"죄송하지만요, 한편으로 저는 그 말씀을 이렇게 들어요."

"어떻게요?"

"우당의 빵을 좋아하고 기다리는 사람들에 대한 무시라고요."

"무시?"

"다른 말 찾는 게 어려워서 그냥 무시라고 했어요. 다른 말로 바꾸고 싶지도 않고요. 저도 십수 년간 베이킹 푸드 쪽에 각별한 애정을 갖고 꾸준히 지면을 할애해 왔다는 거 우당도 잘 아시잖아요. 이 분야의 수많은 전문가를 만난 만큼 가짜도 많이 만났어요. 자신의 우월성을 과시하면서 애호가들을 무시하고 조종하고 이용하는 사람들요."

"무시, 조종……."

정길은 자기도 모르게 고 기자의 말을 따라 웅얼거렸다. 이 사람이 왜 이럴까. 나를 두고 하는 말일까. 내가 정말 그런 사람이라고 해도 고 기자는 그렇게 말할 사람이 아니었다.

매우 도발적인 말이었으나, 너무 도발적이어서 누구를 향한 어떤 도발인지 정길은 알 수 없었다. 놀라 말을 잇지 못할 뿐이었다.

"남들보다 내가 더 낫다는 것만 중요한 사람들이죠. 남들 못 하는 걸 나는 한다. 내가 하는 걸 남들은 따라 하지 못한다. 그러니 이 방면에선 내가 최고다, 그런 허영. 차별성 중독에 걸린 사람들이죠. 품질 향상을 빌미로 차별성에만 몰두해서 맛이 괴상해지는 것도 상관하지 않아요. 끝없이 자기

고집을 정당화하고. 결국 사람들로부터 외면받게 돼요. 그래도 고집을 철회하지 않고 대중의 입맛만 탓해요. 둔감한 미각으로는 자신의 작품을 못 느끼는 게 당연하다며 타협 대신 차라리 숭고한 고립을 택하죠. 자기만족의 허욕에 타인이란 없으니까요."

"나는……." 정길이 침을 삼키고 말했다. "내가 만든 빵이 내 마음에 안 든 거예요. 거기에 절망했던 거지 차별성이니 우월감이니 무시니 하는 건 꿈에도 생각해 본 적이 없어요. 나는 내 맘에 드는 빵을 만들어 자신 있게 권하고 싶었던 것뿐이에요. 그러니까 지금 내 맘에 들지 않는 빵을 안 만들고 있을 뿐인 거죠."

정길은 진땀이 났다.

"우당도 지금 말씀하시잖아요. 맘에 드는 빵을 만들어 자신 있게 권하고 싶었다. 그런데 지금은 빵을 안 만들고 있다. 우당 스스로 그렇게 말씀하시니 제가 말하기가 훨씬 편해지네요. 그렇죠. 우당은 지금 빵을 안 만들고 있어요. 만들어야 한다는 얘깁니다, 제 말은. 만들지 않으면요, 대중의 입맛을 무시하고 차별성 고집을 정당화하고 결국 우월성 과시를 위해 자기만족이라는 허세의 성에 스스로를 기어코 유폐시켜 버리는 사람들과 하나도 다르지 않게 보일 수 있다는 겁니다. 저는 우당을 그렇게 안 보는 사람이에요. 안 보고 싶은 사람입니다. 저뿐만 아니라 우당을 기다리는 사람들이 다 그

래요. 그러니 제발 세상으로 나오세요. 이렇게 떠나 있는 것
은 말이 안 돼요. 이러시면 우당을 기다리는 우리는 실망하
고 불행해져요."

—로이가 사람들을 무시했다는 말이 아니라, 만일 로이가
세상에 안 나가 버리면 그런 식으로 오해받을 수도 있겠다는
말을 한 거네요, 고참 기자라는 분이.

듣고 있던 미르가 말했다.

—고 기자는 말을 함부로 하는 사람이 아니니까.

정길이 말했다.

—고 기자는 물론이고 로이의 빵을 기다리는 사람들은 로
이의 빵을 인정한 거네요. 근데 뭐죠? 로이는 모든 사람한테
인정을 받았으면서 정작 본인 스스로 자신의 빵을 인정하지
못한 거잖아요.

—아직 멀었으니까. 그동안 만들어 왔던 빵은 제대로 된
게 아니었으니까. 아닌 건 아닌 거잖아. 나는 그걸 말하고 있
는 거야. 아닌 건 아니다.

—한편으로는 빵 장인의 진심이 느껴지는 말인데요. 고 기
자님 말마따나 다른 한편으로는 빵 팬들이 서운해하겠는걸요.

—빵 팬?

—그렇지 않을까요. 로이는 이미 대단한 단팥빵 장인으로
인정받고 있어요. 그런데 정작 로이 본인은 자신의 빵을 인
정 안 하죠. 그렇게 된 거네요. 여기서 하나 빠진 게 있지 않

나요? 타인으로부터의 인정이나 자신으로부터의 인정, 이런 거 말고요. 타인에 대한 인정. 이게 빠져 있지 않나요? 타인들이 느끼는 로이의 빵 맛. 이걸 로이가 인정하지 않으면 로이의 빵 팬들은 매우 서운할 거잖아요. 살짝이라도 무시당했다는 느낌이 들지 않을까요?

—그래서…….

—그래서 다시 세상에 나갔던 거겠죠.

—내가 일하던 제과점의 커다란 서양적삼나무 작업대에서 두 달 반 동안 반죽과 성형을 하고…….

정길은 그만하고 싶었다. 고 기자 얘기와 빵 얘기가 길어도 너무 길었다. 미르가 능주에 온 것은 그런 얘기나 듣자고 온 것이 아니질 않은가.

갑자기 피로가 몰려왔다. 정길은 이야기를 중단하고 한동안 아무 말도 하지 않았다. 이제라도 미르에 대한 솔직한 감정을 다 털어놓자. 몰염치하더라도 그러자. 아까운 시간에 언제까지 빵 이야기로 도망만 다닐 것인가.

—두 달 반 동안이었네요.

미르는 그러나 정길의 빵 이야기에 점점 더 관심을 보였다. 다행이다 싶으면서도 정길은 한편 난처하고 답답했다.

—

결국 세상에 다시 나갔던 이야기를 최대한 축약할 수밖에 없었다. 두 달 반 만에 다시 나무개제과점을 떠날 수밖에 없었던 이유를 설명하기란 쉽지 않았다.

하지만 그 이유라는 것이 무슨 소용이란 말인가. 정길에게나 고 기자에게는 절실한 문제일지 모르나 미르에게는 아니었다. 정길의 생각은 그랬다. 미르에게는 정길의 이유라는 것이 공연한 것이거나, 기껏해야 누군가의 그러저러한 사정에 불과할 거였으므로.

그러나 간단하게나마 그때의 일들을 말할 수 있었던 것은 미르의 눈빛 때문이었다. 미국에서도 본 적이 없던 미르의 깊고 반짝이며, 어딘가 매우 직접적이고도 각별한 눈빛.

그 눈빛에 취해 정길은 자신이 무슨 말을 하는지도 모른 채 나무개제과점에서의 두 달 반과 그 이후를 설명했다. 이야기를 하는 동안 자신의 말에 골똘한 미르의 눈을 계속해서 바라볼 수 있었으므로, 어째서 그 이야기를 성의를 다해 말해야 하는지에 대한 멋쩍은 자각은 생기지 않았다.

대신 몇 차례의 망설임은 있었다. 당장 빵 이야기를 멈추고 저 골똘하게 빛나는 눈빛을 향해 지난 5년간 미르를 품고 싸웠던 소회를 솔직히 다 말해 버릴까. 아니면 닥쳐올지도 모를 감당할 수 없는 파국을 막기 위해 끝까지 시치미를 떼고 빵 이야기를 계속할까.

눈으로는 조심스레 안타까운 고백을 하면서 입으로는 나무개제과점으로의 복귀와 재잠적의 사정을 말할 수밖에 없었다. 언제까지 미르를 보고만 있을 것인가. 태평양을 건넌 5년 만의 재회란, 어쩌면 다시 올 수 없는 기회가 아닐까. 죽을 때까지 품고만 간다면 모를까, 그러지 않을 것이라면 지금이 아닐까. 하지만 섣불리 입을 열면 두 사람 모두 소금 기둥이나 얼음덩어리가 되어 버릴지도 몰라. 차라리 저 눈을 오래 바라볼 수 있는 지금을 한순간도 놓치지 말고 행복해하자. 정길은 너울성 파도를 탄 듯 이 생각 저 생각으로 어지러웠다.

—혼자 갈게요.

그러다가 미르에게서 들은 말이었다.

—혼자?

정길은 정신이 없었다. 시간이 다 지나가 버렸다. 깊은 잠에서 난폭하게 깨어난 것만 같았다. 어쩌자고 빵 얘기를 그토록 오래 했을까.

—또 올 거니까요. 그러니까 매번 마중하고 배웅하는 거는 안 해도 될 것 같아요.

정길은 '또'와 '매번'을 거의 필사적으로 움켜쥐었다. 그러는 자신이 정길은 가여웠던 걸까.

—다음에 올 때는 로이의 빵을 먹고 싶어요.

정길은 '다음'이라는 말까지 꼭 움켜쥐었다.

경희
2

빵한테
고백을 받았지 뭐냐

나는 그런 게 참 궁금해. 경상도 사람, 전라도 사람, 충청도 사람이 아무리 서울말을 익혀 써도 경상도 말, 전라도 말, 충청도 말에서 완전히 벗어나지 못하는 거.

궁금하니까 알고도 싶어. 그래서 내가 졸업 논문으로 뭘 썼냐면 말이야, 진화심리학의 관점에서 방언의 음운 체계를 들여다보는 내용이었어.

그걸 쓰겠다고 하니까 지도 교수가 픽 웃더라. 가당키나 하겠느냐는 듯 말이야. 그런데 써 보라더라. 안 된다고 할 줄 알았는데 써 보래. 그래서 썼다. 써서 냈더니 한참을 들여다 봐. 나를 앞에 세워 놓고 그걸 끝까지 다 읽더라고. 다 읽고 나더니 또 픽 웃어. 그러더니 "너 사투리에 남다른 감이 있니?"라고 묻더라고.

택시 타고 가다가 기사 아저씨한테 "완도가 고향이세요?" 하고 물으면 기사 아저씨가 "어떻게 알았어, 학생?" 하고 대답한다고 교수한테 말했지. 그랬더니 이번에는 픽이 아니라 씩 웃더니 물어. "전라도도 아닌 완도까지?" "네." 대답했지. 그러자 이건 박사 학위 논제를 공부 못 하는 고등학생이 쓴 것 같다고 하면서 통과시켜 주더라고, 논문을.

내가 국문과를 나온 건 맞지만 사실 국문과는 국어국문학과의 준말이야. 그러니까 문학만 하는 데가 아니잖아. 어학도 하는 덴데 어학 논문은 없어. 다들 문학 논문이지. 김동인, 채만식. 학사 학위 논문 중에 내 논문이 우리 학과 역사상 최초의 어학 논문이라는 거야. 매우 이례적인 일이라서 통과시켜 준 건가, 아니면 이것저것 귀찮아서 대충 통과시켜 준 건가.

어쩌면 대학 생활 내내 하나의 동아리에만 가입해서 열심히 활동한 이력을 평가해 준 건지도 몰라. 우리말연구회라는 동아리의 회장도 했고, 회원들과 틈틈이 전국을 돌며 방언 조사를 하기도 했거든.

잘했다기보다는, 그런 게 재미있었으니까. 재미있었다는 건 그쪽으로 재능이나 적성 뭐 그런 게 있었다는 뜻 아니었을까. 그런데 내가 왜 이런 얘기를 하고 있지?

아, 빵.

충청도나 대전 사투리를 전혀 쓰지 않던 빵 때문이었구

나. 빵 얘기를 하려다 보니 쓸데없이 말이 많아졌어.

　그래. 왠지는 모르나 그 사람은 대전이 아닌 서울말을 또 박또박 썼는데 그게 완전 서울말도 아니었어.

—

그럴 수밖에 없지 않았겠니. 서울에 살아도 사투리가 완전히 없어지지 않는데, 그 사람은 한 번도 서울서 살아 본 적이 없었으니까.

　그런데 어째서 사투리를 안 썼을까. 안 쓰기도 힘들었을 텐데. 서울말을 독학으로 익혔어야 하는 거잖아. TV 보고 라디오 들으면서 열심히 따라 했을까.

　나중에 안 사실인데 말이야, 놀랍게도 그 집 식구들이 모두 사투리를 쓰지 않았어. 그랬대. 진짜 그랬는지는 몰라도 그의 어머니는 정말 그랬지. 한 번 봤거든. 빵 만드는 분이 그의 어머니였어. 빵집에서 봤지. 너랑 함께 갔던 그 한복집 자리 빵집. 정말 대전 사투리를 하나도 안 쓰더라. 그러니 그의 말을 믿을 수밖에.

　"그런데 왜 안 쓰는 거야, 모두?"

　물었더니 그가 한참 뒤에 대답하더라.

　"몰라요, 그냥."

　무슨 대단한 대답이라고 그리 오래 뜸을 들였을까 참.

　아, 참고로 말하자면 나는 반말을 했는데 빵은 그러지 않앉어. 나이 스물 동갑에 무슨 존대냐 싶어서 나는 처음부터 줄기차게 말을 놓았는데 빵은 안 그랬어. 그러니까 내가 누나 같잖아. 계속 그러면 빵도 너도 끝이다. 그랬더니 되게 수줍어하면서 어, 하더라고.

그런 거였나 봐. 내가 그의 빵을 계속 얻어먹을 수 있었던 이유. 계속 얻어먹으려면 계속 만나야 하잖아. 그러니까 계속 만났던 이유가 그거였나 봐. 이런저런 특이함에 대한 호기심? 하여튼 그런 종류의 이끌림?

아무리 빵이 맛있었기로서니 사람이 싫은데 과연 그럴 수 있었을까. 빵집에서 돈 내고 빵 사 먹는 일이 아니었잖아. 꼬박꼬박 그가 가방 안에 고이 싸 온 빵을 답삭답삭 받아먹은 거였잖아. 그러니 그가 싫었다면 빵이 아니라 금덩이라도 안 받았겠지.

그래서 그가 좋았느냐. 그건 아니고. 말했다시피 싫지 않은 정도? 조금 더 정확히 말하면, 한 가지 궁금증이 해소돼도 다른 궁금증으로 계속 궁금해지는 친구였기 때문이었달까. 그 빵 맛 말이야, 어쩌면 그와 주변의 묘한 캐릭터들이 자아내는 맛일지도 모른다는 생각이 들었어.

완전한 서울 말씨는 아니었어도 빵의 발음은 정말이지 표준의 표준 같았어. 서울 말씨라는 것도 서울 사투리일 뿐 표준이라고는 할 수 없는 거잖아. 표준이라는 건 실재하는 것이 아니라 이상적 조건의 조합 같은 거잖아. 그의 말이 그랬어.

음성도 썩 괜찮았지. 언젠가 수덕사 대응전 학술 답사를 다녀와서 그가 자기 조를 대표해 사찰 건축 양식에 대한 보고를 했는데, 그의 첫마디에 뒷줄에 앉은 여학생들이 오우, 우와, 탄성을 질렀지. 순전히 그 목소리 때문에.

뿐만 아니었어. 가끔은 말이 너무 또렷하게 튀어나오는 바람에 그 스스로도 깜짝 놀라서 부리나케 자기 입을 자기 손으로 틀어막는 일이 벌어지기도 했단다.

그리고 한 가지 더. 발음이나 음성과는 상관없는 건데 그의 눈빛 말이야, 시선이라고 해야 할까, 하여튼 그게 특이했지. 사시는 분명 아닌데 마치 동안근 이상으로 눈의 시선이 주시점과 일치하지 않는 것처럼 보였어. 사람의 눈알은 보는 거리에 따라서 안쪽으로 살짝 모여들기도 하잖아. 가까운 사물을 볼 때 특히 그러지.

그런데 나랑 가까이 마주 보고 얘기를 하는데도 빵의 눈동자는 조금도 안으로 모이지 않았어. 그래서 아무래도 나를 보고 있지 않는 것 같았단 말이지. 그의 주시점은 내 머리를 관통해서 겨우 내 뒤통수에 걸리거나, 심지어는 내 뒤의 누군가를 바라보는 것 같았어.

그 이유도 나중에야 알게 되었지. 수줍어 시선을 피하는 그 나름의 방식이었던 거야. 고개를 숙이거나 외로 틀지 않고도 시선을 피하는 법. 대면 상태이기는 하니까 대화 상대에게 최대한 예의를 차리면서 시선을 피하는 거였지.

그러나 어떻게 피하든 피한다는 말을 써 버리면 그의 시선은 결례인 게 되어 버려. 어쨌든 피하는 거니까. 그런데 말이야, 그가 그의 방식대로 시선을 피해 버리면 왠지 피하는 게 아니라 그가 뭔가를 되게 감당하지 못하는 것 정도로 받아들이게 돼.

빵이 나의 뭔가를 '감당하지 못하여' 저러고 있다, 그래서 저런 식으로 나를 바라본다, 라고 이해하게 된다는 거지. 사람들한테 물어봤거든. 빵이 어딘가 저 뒤에 다른 걸 바라보면서 말하는 것 같지 않디? 이렇게 물어봤는데 다들 "물류"라고 그러더라고. 그런 거 못 느꼈다고. 그러니까 빵은 나한테만 그러는 거였어.

아, 물류는 몰라요→몰러유→몰류→물류.

특이할 것까지는 없고 특기할 게 있다면 그의 할아버지야. 목사였대. 아, 그래서? 나는 과하게 고개를 끄덕였지. 사투리 쓰는 목사님을 본 적이 없었으니까.

목사님의 강대 표준말이 대를 이어 내려온 건가? 그의 아버지를 본 적이 없었기 때문에 그게 대물림인지 아닌지 단정지을 수는 없었지만, 그가 말한 대로 모든 가족이 표준말을 쓴 게 사실이라면 그의 아버지 또한 그러지 않았겠어.

빵에게는 이모 한 분이 있었는데, 우리가 다녔던 학교 정문 밖 커다란 감나무가 자라는 집에 혼자 살았어. 감나무가 너무 커서 아주 작아 보이던 집에. 그야말로 시골 촌부라고

해야 되나 그랬는데, 이분이 요리를 아주 잘한다는 소문이
있었지.

그런데 소문이 아니었어. 그의 이모가 실제로 우리 학교
이사장 가족의 찬모였으니까. 찬모라고 하니까 어딘지 안 어
울리는 것 같다. 그녀가 만드는 음식의 종류는 김치, 장아찌
그런 게 아니었으니까. 서양 음식이었어.

이사장이 미국인이었거든. 우리 학교는 미국인 선교사가
세운 학교였고, 대대로 그 선교사의 자손들이 이사장직을 맡
고 있었지. 그때만 해도 옛날인데 그녀가 어디서 양식 식재
료를 구해다 이사장 가족을 만족시켰는지 거기까지는 모르
겠어. 하여튼 워낙 서양 음식을 잘 만드니까 이사장이 미국
에 갔다가도 그녀의 음식이 그리워 조기 귀국하곤 했다는 얘
기를 들었어.

그의 어머니 빵 솜씨도 장난이 아니었던 걸 보면 그쪽 자
매들에게는 신이 내린 손맛 같은 게 있었는지도 몰라.

그와 그의 주변에 관해 듣다 보면 이러저러한 것들이 자
꾸자꾸 더 궁금해졌어. 아닌 게 아니라 궁금증이 빵처럼 부
푼 거지. 그 빵은 먹으면 먹을수록 더 커졌고. 그래서 내가
줄기차게 빵을 먹은 거겠지.

빵 맛이 없으면 빵을 줄기차게 먹을 수 있었겠어? 무엇보
다 빵 맛이 중요한 거잖아. 그래서 나는 말하는 거야. 빵 맛
이 온전히 빵 맛만은 아니었다고. 그것은 그와 그의 주변을

감싸고 있던 묘한 요인들 때문이었을 거라고.

이를테면 서울말 아닌 서울말 같은 거. 보는 게 아니면서 보는 눈, 일가족의 특이한 말씨 대물림, 촌부와 서양 음식 등등. 한마디로 뭐라 딱 단정 지을 수 없는, 뭐랄까, 빗나감과 야릇한 어긋남이 절묘하게 어우러진 맛이랄까.

내가 빵 맛을 갖고 너무 신비주의로 가는 거니? 상관없지 않을까. 내가 그 빵을 정확히 1학년 2학기부터, 그러니까 방학을 뺀 3년 반 동안 줄기차게 먹었거든. 신비주의 빼고 이걸 어떻게 설명하겠니.

—

그런데 참 내가 말이다, 빵한테 어느 날 고백을 받았지 뭐냐.

"난 네가 좋은데 넌?"

이게 그의 고백이었어. 글로 써 놓으니까 그의 말이 당당하고 적극적으로 보이는데 사실은 데시벨 1이었어. 표준말이었지만 속도는 완전 충청도×2였고.

나한테 빵을 물려 놓고서 그가 한 말이야. 나는 그때 한창 입안에 든 팥소의 달콤함을 만끽하고 있었거든. 내가 뭐랬겠니?

"너도 차암."

일단 브레이크를 밟아 놓고 볼 수밖에.

"내가…… 왜?"

"난 네가 좋은데 넌, 이라니?"

"솔직하게 말한 건데."

계속 충청도×2.

"네가, 가 뭐니? 서울에서는 네가라고 안 해."

"그럼?"

"니가라고 해."

브레이크를 밟았으니 슬슬 방향을 다른 쪽으로 틀려고
했지.

"그럼, 난 니가 좋은데 넌?"

그런데 빵이 곧장 다시 고쳐 고백하니까 간신히 잡아 놓
았던 브레이크가 풀려 버리는 것 같았어. 그 순간 치졸한 생
각이 들더라. 난 아니거든, 난 너 안 좋아, 라고 말해 버리면
과연 그가 계속 빵을 가져다줄까 그런 생각.

하지만 그게 꼭 치졸한 생각만은 아니라는 걸 깨달았지.
나는 그가 빵을 계속 가져다주길 바라고 있었고, 앞에서도
말했다시피 그가 싫으면 빵도 싫었을 거고…… 그러니까 뭐
니? 그의 빵을 계속 원했다는 것은 그가 싫지 않았다는 뜻이
잖아. 사실 싫을 이유가 하나도 없었거든. 좋아하지 않았다
는 게 싫었다는 뜻은 아니잖아. 아, 말이 꼬이나?

꼬일 수밖에 없는 건가.

좀 생각해 봐야겠다.

사실 나는 그와의 관계가 그냥 묘하다고만 생각했었어.

나도 모르겠다, 아 참 그때 내가 왜 그랬는지 몰라, 라는 식으로 생각해 버렸다는 거야. 끝까지 따져 보지 않고. 스스로 얼버무린 거지, 아주 오랫동안. 따져 봤자 뭐 하나, 하는 마음이 먼저였으니까. 아냐, 아냐. 따질 필요 없고 따져서는 안 된다는 쪽이었어. 하여튼 이래저래 갈피를 잡을 수 없었어. 오죽하면 송숙이가 그런 나를 보고 질렸다고 했을까.

하지만 생각을 좀 해 봐야겠다. 지금 와서 무슨 생각을 못 해 보겠니.

그가 나를 좋아한 건 분명해. 고백을 했고, 그 뒤로도 일관되게 그런 태도를 나에게 보였으니까. 사람을 황송하게 만드는 그런. 나는 이러지도 저러지도 못했어. 좋아하지도 싫어하지도 않았다는 거야. 빵만 실컷 얻어먹고.

그런데 가만 생각해 보면 내 입장이라는 게 전혀 없지는 않았던 것 같아. 좋아하지도 싫어하지도 않은 게 내 입장이었던 거지. 그러니까 뭐야, 좋아하냐 싫어하냐로 물어 버리면 할 말이 없어지지. 그런 물음이라면 내 입장 따위는 없어지는 거야. 그런데 다른 누구도 아닌 나 자신이 나에게 그렇게 묻고 있었던 거지. 좋아하는가 안 좋아하는가. 그래서 꼬였던 거고.

이쪽도 저쪽도 아닌 제3, 제4의 입장이라는 것도 나름 확고한 거라면 꼬였다고 말할 필요 없지. 나도 모를 묘한 입장이라는 것, 그것도 하나의 확고한 입장이라면 말이야. 어쩌면 세상사, 인생사 거의 모든 사태들은 이쪽도 저쪽도 아닌 바로 그 지점들에서 발생하고 이어지고 뻗어 나가는 건지도 몰라.

그런데 나는 물론이고 대체로 사람들은 이쪽이나 저쪽이 아니면 그냥 몰라, 라고 해 버리지. 알 수 없어. 묘해. 그러고 마는 거야. 물론 알 수 없지. 그런데 이제 와서 하는 말이지만 생의 많은 엄숙한 필연들이 그 알 수 없는 지점에서 생겨 버린다는 거야. 어쩌면 빵 맛도.

아, 이렇게 말하고 나니 좀 더 너에게 나에 대해 솔직히 말할 수 있을 것 같다.

하지만 어디서부터 어떻게 더 말해야 좋을지 좀 쉬면서 생각해 봐야겠다. 피곤하다. 오늘은 이만. 많이 썼다.

미르
3

아닌 건 아닌 거다

"아닌 건 아닌 거니까."

로이…… 정길은 일의 전말을 그렇게 정리했다. 두 달 반 동안 세상에 나갔던 일을. 아닌 건 아닌 거라고.

힘주어 말하지는 않았으나 미르에게는 단호하게 들렸다. 빵과 (정길의 표현대로라면) 출분에 관한 그의 의지나 각오를 나타낸 말이었겠으나, 미르는 그의 말에서 왠지 모를 압박감 같은 걸 느꼈다. 새로울 것도 쿨할 것도 없는 말에서.

"진짜가 아닌 건 진짜가 아닌 거라고 해석해도 되나요?"

큰 숨을 천천히 뱉으며 미르가 말했다.

"내가 만든 빵이 가짜였다는 뜻은 아니야." 그가 말했다. "마음에 안 들었다는 것뿐이지. 빵도 마음에 들지 않았지만, 그런 빵을 만들고 있는 나 자신이 무엇보다 마음에 들지 않앉어."

"그래서 아닌 건 아니다 하고 다시 출분하셨군요."

"타협이 안 된 거지. 나 자신과."

"로이의 마음에 꼭 드는 빵. 사람들이 그 빵을 맛볼 날이 있긴 있는 건가요?"

미르는 자신의 말에 날이 서 있다는 것을 모르지 않았다. 어떤 순간에 미르는 그런 식으로 예민해져 버렸다.

미르는 고개를 돌려 차창 밖을 내다보았다. 열차는 저물어 가는 가을 들판을 달렸다. 익어 가는 벼 위로 해 질 녘의 나무들이 짙은 그림자를 길게 드리웠다.

오전에는 능주까지 직행이었으나 돌아갈 때는 광주 송정역에 내려 목포행 열차로 갈아타야 했다. 엄마는 하루를 어떻게 보냈을까. 엄마는 점점 바깥출입이 적어졌다. 커다란 스프링 노트에다 무언가를 그리고 적는 것도 같았다. 엄마의 습관이었다. 그래 봤자 삐죽삐죽 두리안 따위를 그려 놓고 '똥 냄새가 난다'라고 쓰는 정도지만.

엄마한테는 행여 전설을 만났다는 말일랑은 하지 말아야지. 나도 이토록 감당하기 쉽지 않은데 엄마는 오죽할까. 그로 하여금 다시 세상에 나가 빵을 만들게 하는 게 무엇보다우선이야. 그때까지 엄마는 가만히 계십쇼야.

어떻게든 다시 그가 세상에 빵을 내놓을 수 있도록 해야 하는데, 엄마 성격에 그의 존재를 알게 되면 시작도 하기 전에 일을 망치게 될지도 몰라.

미르는 양쪽으로 다 비밀을 품고 목포로 돌아가고 있었다. 정길에게는 자신과 어머니가 단팥빵의 전설을 찾아 전국을 헤맸다는 사실을 숨겼고 엄마에게는 드디어 전설을 찾게 되었노라, 그가 다름 아닌 5년 전 가이드 클라이언트 윤중업이었노라는 사실을 숨기기로 한 채.

자주 찾아오겠으니 배웅은 사양하겠다던 미르의 진짜 의중이 무엇인지 정길은 알 까닭이 없었다. 그리고 나무개제과점에 출근한 미르가 단팥빵의 전설을 만나고 돌아가는 줄 엄마가 어떻게 알겠는가.

세상에서 미르를 전적으로 믿어 주었던 사람은 엄마 하나뿐이었는데, 이번에는 그런 엄마의 의자를 따로 떼어 잠시 돌려놓아야 할 것 같았다. 그가 빵을 내놓을 때까지는. 엄마를 위해서라고 자신 있게 말할 수 있었으나, 그래도 미르는 엄마한테 미안한 마음이 들었다.

그제야 알 것 같았다. 정길의 말에 어째서 압박감이 들었던 건지. 아닌 건 아닌 거다.

그런 식이었다. 단호하고 여지없던 말들. 교사가 11학년 학생에게 그러면 안 되는 거다. 아닌 건 아닌 거다. 학교 스티어링 커미티(SC)의 최종 판결이었다. 버틀러는 6개월 정직 처분과 강제 전근 발령을 받았으나 교직을 떠나 버렸다.

그는 미르에게 짧은 문자를 남겼다. '이것은 원망과 항의의 표시가 아니다. 나는 여전히 이 세상을 살아가겠지만, 이전처럼 나를 세상에 성실히 맞추어 가는 방식을 택하지는 않겠다는 뜻일 뿐이다. 그럴 맘은 아니었지만 결과적으로 너에게 고통을 주어 미안하다.'

누군가 몰래 찍은 사진 한 장. 그것은 내내 증거라는 말로 불렸고 모든 소문과 판단의 근거가 되었다. 버틀러가 미르의 입술에 자신의 입술을 댄 장면은 '누가 보아도 강제적'이라는 말로 정리되었고, 한 번도 번복되지 않았다. 당사자인 미르의 완강한 부인조차 받아들여지지 않았으며, 이해하기도 힘든 투사(projection)라는 용어로 SC는 미르의 행동을 규정해 버렸다. 강제성을 인정했을 때 닥칠 버틀러의 보복이 두려워 미르가 지레 버틀러를 감싸고돈다는.

그쯤 되자 더는 할 말이 없어졌다. 대응하면 할수록 버틀러의 혐의는 짙어지고 미르는 거짓말쟁이가 되었기 때문이다. 문제의 사진이 '강제적'이라는 문구를 달고 SNS에 퍼지면서 모든 학생과 부모들도 강제적이라는 말을 입에 달게 되었다.

'사진의 사실'은 오히려 사실을 확고하게 가리고 덮었다. 누구도 버틀러나 미르의 말에 귀 기울이지 않게 했다. 뿐만 아니라 틀린 사실을 끝없이 만들어 내고 그 소문에 힘을 실어 주었다. 엄마만 미르를 믿었다. 아빠는 그때 이미 미르 곁에 없었다. 미르에게는 버틀러가 내면의 아빠라면 아빠였다.

미르조차도 말로 다 할 수 없는 복잡하고 혼란한, 그래서 응당 보호받아야 할 심리적 사정이라는 게 있었는데 저들은 마치 자기가 겪은 일처럼 확고하게 말하고 전했다. 겪은 미르도 모를 일을.

말 못 하고 그냥 울고만 있어도 엄마는 다 알았다. 엄마는 담담했다. 알려 하지 않고 이해하려 하지 않는 사람들에게는 방법이 없단다. 더 큰 비극은 자신들이 누구보다 더 알려 하고 이해하려 노력했다고 철석같이 믿는다는 것이지.

미르는 엄마와 함께 콜로라도에서 애리조나로 집을 옮겼다. 국가와 사회가 요구하고 미르가 성실히 따르던 그 성실, 책임, 성취, 정의, 사명 등 온갖 허울의 규범을 콜로라도에 남겨 둔 채.

미르와 버틀러가 원한 것은 아니었으나 한인 사회와 흑인 사회의 대표가 학교 상벌위원회에 면담을 요구하고 나섰다. 미르는 한국 대학에서 주최하는 미주 지역 한글 작문 경시대회에서 언제나 좋은 성적을 거두었기 때문에 한인 사회에 잘 알려져 있었다. 교사면서 올림픽 사격 선수였던 버틀러도 그들 사회에서는 유명인이었다.

그러나 오래가지 않아 아무런 보고도 성명도 없이 두 단체의 대표들은 슬그머니 그 일에서 발을 뺐다. 개입할 때 그랬듯 철수할 때도 미르의 동의를 구하거나 상의하지 않았다.

뭐가 뭔지 미르로서는 알 수 없었다. 어린 나이에 갑작스러운 사태의 한가운데로 불려 나가 세워져 있던 날들이었다.

그러나 버틀러가 떠나고 미르마저 콜로라도를 떠나 애리조나에 당도했을 때, 그런 식으로나마 사태가 일단락되고 사람과 지역에서 벗어났을 때 버틀러가 남긴 짧은 문자 메시지의 느낌이 확연해졌다. 세상에 성실히 맞추어 가는 방식을 더는 택하지 않겠다던 그의 말. 그것은 성실이나 책임, 정의나 사명 같은 의미화의 허울에 감금당해 왔던 자신을 스스로 죽여 새로운 자신을 살려 내야겠다는 미르의 다짐과도 통하는 말이었다.

미르는 자신이 늙은 것 같다고 생각했다. 경쟁 사회가 체계를 유지하기 위해 유포한 그럴싸한 덕목들을 더는 믿지도, 따르고 싶지도 않았다. 공부하는 일, 직업을 갖고 성취하는 일, 결혼을 하고 가족을 이루는 일 등에서 미르는 자기 본위의 선택을 하고 싶었다. 어떻게 하는 것이 자기 본위의 선택이라고 해야 할지 아직은 그 세부가 선명해지지 않았지만, 적어도 남과 비교하거나 남으로부터 인정받기 위해 또다시 겉치레의 범절 따위에 현혹되어서는 안 된다는 것만은 분명했다.

열차가 곧 송정역에 도착한다는 안내 방송이 들렸다. 미르는 엄마가 있는 목포로 가야 하지만 마음은 벌써 능주로 다시 향하고 있었다. 줄곧 애틋함을 감추지 못하던 로이…… 정길의 눈빛이 떠올랐다. 버틀러가 그랬듯 마음을 다해 말하지 않아도 왠지 정길은 미르의 의중을 너무도 잘 짐작해 줄 것만 같았다.

햇살마을 그의 집에 어려 있던 빵 냄새가 미르의 코끝을 스쳤다.

경희
3

첫사랑과 결혼하는
사람 봤니?

언젠가 너에게 말했던 적이 있어. 무슨 이야기 끝에 네가 물었던가.

"아빠가 첫사랑은 아니지?"

이런 질문은 뭔가를 막 말하고 싶게 하잖아. 그래서 말했을 거야, 너에게.

"첫사랑과 결혼하는 사람 봤니?"

대뜸 그렇게 대답했는데, 그러고 나니까 '내가 왜 이런 식으로 말하지?' 궁금해지더라. 그렇게 말한 걸 후회하거나 그랬다는 건 아니야.

"오우."

네가 감탄했어. 내가 바랐던 게 그거였을까. 네 감탄. 첫사랑과 결혼하지 않은 게 무슨 대단한 훈장이라도 될까마는 솔직히 그때 난 좀 우쭐해지고 싶었던 것 같아. 딸내미 앞에서 할 말은 아니었다만 너도 오우, 하고 감탄했듯이 그날 우리 둘은 꿍꿍이가 맞았던 것 같아.

첫사랑과 결혼을 해 버려서 다른 남자와의 다른 사랑 경험이 부재하는 여자가 되고 싶지 않았던 것 같아. 그랬으니 첫사랑과 결혼하는 사람은 세상에 없거나 있더라도 매우 드물다는 식으로 응대한 거겠지. 첫사랑과 결혼하는 사람 봤니? 일반화치고는 너무 과장되고 거칠고 맞지도 않았잖니.

하여튼 나는 그런 식으로 쏘 쿨하게 네 앞에서 말해 버렸어. 내심 이제 어떡하나 쫄기는 했지만 아빠가 첫사랑이었어, 라고 말하긴 싫었어. 열네 살 때의 좀 웃긴 정혼이었으니 첫사랑이니 뭐니 할 건덕지도 없었지. 정혼 이야기까진 너에게 말하고 싶지 않았다.

왜 과장까지 하며 우쭐해지고 싶었을까.

엄마에겐 첫사랑 같은 거 없었으니까.

그게 좀 억울했을 거야. 억울하다는 생각에서 좀처럼 벗어날 수 없었어. 아빠 말고는 아무도 없었다는 게. 그래서였겠지. 너에게 호기롭게 굴었던 것은.

맞아. 아빠가 첫사랑은 아니었지. 아빠랑은 결혼하게 돼 있었고, 아빠 가족이 나에게는 물론이고 무엇보다 할머니에게 베풀었던 은혜를 저버릴 수 없었고, 그들의 점잖은 배려가 먼저 돌아가신 나의 아버지에 대한 지극한 신의라고 생각하니 비록 정혼에 대한 거부감은 있었더라도 아빠를 거절할 수 없었지. 아빠는 내가 졸업하고 미국으로 건너오기만을 기다리고 있었고.

아빠는 장남이었지만 할아버지 기업을 물려받는 수업을 하지 않았어. 욕심이 전혀 없지는 않았을 테지만 동생들에게 비할 바가 못 되었지.

특히 막내 여동생은, 너도 그 고모 성격 알다시피 초등학생 때부터 할아버지 자리는 자기가 잇는다고 큰소리치고 다녔대. 동생 둘 다 극성이 장난이 아니었어. 막내는 큰소리만 친 게 아니라, 고등학교 때부터 본격적으로 진로를 정하고 기업가로서의 미래를 위해 공부했어. 욕심이 커서 그랬나 성적도 되게 좋았다더라.

그래선지 아빠는 일찌감치 콜로라도로 훅 건너가 버렸어. 나로파대학이란 데서 좀 엉뚱해 보이는 명상심리학이란 걸 공부하고는 한국으로 돌아올 생각을 하지 않았지.

결국 나중에 할아버지의 사업은 삼촌과 고모의 오랜 싸움 끝에 셋째인 고모가 물려받게 되었는데, 그걸 미리 예상하고 나라를 떠나 버린 아빠를 주변에서는 양녕대군에 비유하더라. 맏이의 자리를 박차고 나와 홀로 타국의 산천을 주유하는 자유인쯤으로 보였겠지.

나도 그 점만큼은 싫지 않았어. 아빠를 따라 미국에 간다면 아빠 가족들과의 황송하지만 불편했던 관계에서 벗어날 수 있을 것 같았으니까. 졸업 학기 때 할머니도 돌아가셨고, 아빠는 내가 건너오기만을 학수고대하고 있었고.

그러니깐 정리를 해 보자.

어찌 되었든 열네 살부터 아빠가 나의 배우자로 정해졌던 것만은 분명해. 하지만 사랑했다고는 할 수 없지. 그러니 아빠가 첫사랑은 아닌 거야. 그래서 '첫사랑과 결혼하는 사람 봤니?'라는 대답이 적어도 내 경우에는 틀리지 않았다는 거야.

틀리지 않았을뿐더러 너에게 엄마도 첫사랑이 있었던 사람으로 비치고 싶었던 거였겠지. 이유는 간단하고 빤해. 첫사랑이 있는 사람과 첫사랑이 없는 사람. 이 중에 너라면 솔직히 어느 쪽이고 싶니. 바로 그거야. 그것 때문에.

첫사랑의 낭만과 추억이라는 것은 아주 사소할지라도 그것이 있고 없고에 따라 인생의 결이 달라지는 것이거든. 인생 그거 별거 없잖아. 그런 작은 것의 차이가 전부일 수 있는 게 인생이니까. 작은 게 작은 게 아니라는 뜻이기도 하지.

그래서 나는 너한테 말한 거겠지. 첫사랑에 관한 이야기를.

다 하지는 않았을 거야.

"근데 왜 헤어졌는데?"

라고 네가 성급하게 물었으니까.

아빠가 아닌 엄마의 첫사랑 얘기라서 너도 아주 자세히는 듣고 싶지 않았던 걸까. 어차피 사랑은 끝났고, 그래서 아빠랑 결혼하게 되었을 테니 어째서 헤어졌는지만 궁금했겠지.
그리고 사랑 얘기라면 아무래도 만남의 기쁨보다는 이별의
아픔 쪽이 훨씬 흥미로울 테니까.

"정말 어이없었지."

라고 내가 말했던 거 너 기억하니.

나는 있지도 않았던 첫사랑 얘기를 해야 했고, 너는 궁금
해하면서도 한편으론 얘기가 너무 리얼하게 나와 버리면 어
쩌나 내심 걱정하고 있었을 거야.

그런데 아무 걱정 없었지. 너나 나나.

이별의 얘기가 슬프기는커녕 어이없어 배꼽을 잡았으니
까. 그래서 나나 너나 남 얘기인 듯 맘껏 말하고 맘껏 웃었으
니까.

―

짐작했겠지만 엄마에게는 첫사랑이 없었어. 그래서 헤어질
일도 없었지. 그러니 이별의 이유라는 것도 있을 까닭이 없
는 거잖아.

우리가 맘껏 웃었던 그 '어이없던 이야기'도 다 꾸며 낸 것
일 수밖에. 너무 웃어 비어져 나온 눈물을 닦으며 너는 나한
테 눈을 흘겼지. 그리고 말했어.

"하필 여자가 할머니 팬티를 입고 나간 날 남자가 자자고
하다니."

너는 '여자'와 '남자'라고 했지. 이야기하는 내내 나는 그날의 주인공을 분명히 '나'로 했고 상대를 '그 사람'이라고 지칭했는데, 너는 그저 어떤 한 여자와 한 남자의 로맨스 해프닝으로 듣고 있었던 거야.

그런데 꾸며 낸 걸로 치기에는 할머니 팬티에 대한 엄마의 이야기에 진정성이 있어 뵈지 않았니? 팬티에 진정성이란 말을 붙이니까 좀 이상하긴 하다만, 어쨌든 그냥 할머니 팬티라고 해도 충분히 상상이 됐을 텐데 내가 거기에 지나치게 토를 달았나 보다.

할머니 팬티라고 했지만 정확하게 말하면 할머니가 사 준 내 팬티였지. 할머니가 사 준 거지만 하나도 고맙지 않았던. 고맙기는커녕 짜증만 났던.

싸고 몸에도 좋은 순면 팬티를 왜 안 입느냐며 할머니는 투덜거렸고, 나는 비싸고 몸에 나쁜 것만 별스럽게 좋아하는 당신의 손녀라는 것 모르셨냐며 할머니한테 대들었지. 할머니는 다, 정말 모두 좋았는데 그거, 팬티며 속옷 고르는 데는 무시무시하게 실용적이어서 꽝이었거든.

게다가 말이야, 놀라 자빠질 일은 할머니가 그것을 헌 냄비에 푹푹 삶는다는 거였어. 살균도 되고 때도 잘 빠지게 그런다는 거 내가 왜 몰랐겠니. 하지만 그거 한두 번 삶으면 어떻게 되게? 늘어지잖아, 면도 고무줄도 축축. 아이구.

빨랫줄에 널어놓은 걸 보면 어떤 게 할머니 거고 어떤 게 내 건지 알 수 없었다니까.

그래서 집에서 청소할 때나 주말 조깅할 때만 잠깐잠깐 입었고, 할머니 돌아가신 뒤로는 아예 안 입었어.

그런데 그날따라 빨아 놓은 팬티가 하나도 안 보이는 거야. 있었는데 서두르느라 못 찾았거나. 공교로운 일은 꼭 그런 식으로 생기잖아. 할머니가 사 준 팬티만 보였으니까. 한 번도 안 입은 새것. 그걸 왜 버리지 않고 갖고 있었던 걸까.

하지만 누가 알겠느냐고. 속에 뭘 입었는지.

그런데 그날따라 그 사람이 사뭇 보챘던 거지. 나는 끝까지 거부했고. 일이 그렇게 되더라니까.

그 사람과 처음은 아니었기에 그 사람도 완강한 나를 이해할 수 없었던 거야. 내 석연찮은 거절 때문에 결국은 사태가 점점 나쁜 쪽으로 흘러가 버렸지. 이제 싫어진 거냐, 딴 사람 생겼냐 어쩌고 그런 말을 듣다가 나도 어느 순간 기분이 확 상해서 이 말 저 말 막 했던 거 같아. 길 위에서 차량 접촉 사고로 싸우는 사람들처럼 핏대를 올리면서. 그러다가 응, 마침내는 영영 헤어진 것 같아.

나 좀 봐라. 10년 전에 너한테 했던 얘기를 내가 지금 그대로 다시 적고 있네. 너도 다 아는 얘기를.

"헤어질 거였나 보다. 그런 걸로 헤어지다니."

얘기를 다 듣고 그때 네가 말했어.

"그러게. 헤어질 거면 어떻게든 헤어지는 건가 봐."

내가 맞장구를 쳤지.

"안 헤어질 수도 있었는데."

네가 말했어.

"어떻게?"

"겉옷과 속옷을 음, 동시에⋯⋯."

네 말 때문에 한바탕 웃고,

"그럼 노 팬티랄까 봐⋯⋯."

내 말 때문에 또 한바탕 웃었지.

우린 남의 얘기려니 하며 그렇게 떠들고 웃었어.

———

근데 말이다, 미르야.

그건 꾸며 낸 이야기가 아니었어.

그래. 나한테는 첫사랑이 없어. 그래서 헤어진 적도 없어. 하지만 너한테 했던 그 이야기는 진짜였단다. 진짜로 일어났던 이야기야.

진짜와 가짜를 좀 구분해서 말해야겠다. 첫사랑이 없다는 것 진짜. 할머니 팬티를 입었다는 것도 진짜. 헤어졌다는 것도 진짜.

그와 처음이 아니었다는 것 가짜. 끝까지 거부했다는 것 가짜. 그러니 싸웠다는 것도 가짜.

맞아. 네가 말한 대로 겉옷 속옷은 동시였어. 그런 건 말이야, 뭘 알고 모르고의 문제가 아니었던 것 같아. 닥치면 절로 묘안이 떠오르는 거 아닐까.

너 없는 데서 나 혼자 이런 얘기 다시 꺼내려니 쑥스럽기 그지없지만 또 못할 말이 뭐 있겠냐 싶다. 말을 가려서 할 거라면 아예 너한테 이런 글 남길 생각 안 했겠지.

다시 정리해 보자.

그라는 사람은 있었다. 그러나 첫사랑은 아니었다. 사랑이라는 낱말에 준하는 연애를 나는 해 본 적이 없었으니까.

그가 나를 참 오래도 좋아했지. 하지만 나는 그를 친구로 여길 수밖에 없었어.

그런 그와 응, 딱 한 번 밤을 보냈어. 그렇게 되었어. 미국으로 가기 사흘 전에. 3년 반 동안 먹어 왔던 빵과 만나 왔던 빵 모두와 이별할 수밖에 없게 되었을 때. 이별해야만 했고.

그동안 먹어 왔던 빵은 아마 내 몸의 간과 폐, 관절과 쇄골의 촘촘한 구성 물질이 되었을 거야. 만나 왔던 빵 또한 내 청춘에 빼놓을 수 없는 기억으로 평생 추억의 한 귀퉁이를 지탱해 줄 거였어.

그런 것들과의 이별이었지. 그도 나도 마지막임을 얘기하지 않았지만, 얘기하지 않음으로써 더 확연해졌던 마지막 날의 밤. 나는 그의 눈가에 어리는 눈물을 닦아 줄 수밖에 없었단다.

할머니 속옷에 지나칠 만큼 토를 달았던 까닭, 그런 것들이 고스란히 떠올랐던 이유를 이제 알겠니? 없었던 일이 아니었던 거야.

　이런 얘기들을 이렇게 글로만 써 놓고 내가 죽은 뒤에 너에게 읽히길 바라는 엄마가 참 비겁하고 이기적이라는 생각이 든다. 나 혼자만의 회한으로 끝내려는 거잖아. 내가 살아 있을 때 너에게 사과할 건 사과하고 용서를 구하는 것이 그나마 덜 한스럽지 않을까 싶기도 한데.

정길
3

호밀빵 할머니가
뭐랬냐면요

미르는 호밀빵 할머니 얘기를 했다.

　능주에 두 번째 왔던 날이었다.

　정길은 미르를 만났던 첫날 자신이 나무개제과점의 제빵사였노라 말했기 때문에, 미르가 나무개제과점에 매일 들른다는 할머니 얘기를 하는 거라고 생각했다.

　"나무개제과점에 갔었나 보네."

　정길이 물었고,

　"되게 유명하더라고요."

　미르가 시침 뗐다.

　"혹시……."

　"아무에게도 말 안했어요. 로이는 잠적 중인 거잖아요."

　"으음, 그……렇지."

"새우 바게트는 서울에서도 사러 와요. 줄을 서야 살 수 있던데요."

"백 매니저 작품이야."

"BB요?"

"BB?"

"아, 음, 저, 유니폼에 Baker Baek이라고 적혀 있어서요."

"그런가?"

"에, 그렇……더라구요."

갑자기 생각났다는 듯 미르는 제 앞에 놓인 접시의 닭발을 열심히 집어 먹기 시작했다. 능주전통시장에서였다.

"맵지 않아?"

"엄마가 매운 걸 좋아해서."

"엄마도 이걸 좋아하실까?"

"루이지애나 가재찜을 좋아하시는데요, 그걸 먹을 때도 치포틀레를 잔뜩 넣거든요."

"멕시코 매운 고추?"

"네."

그러다가였을 것이다. 무슨 맥락이었는지는 모르나 미르는 호밀빵 할머니 애기를 꺼냈다. BB의 새우 바게트에서 갑자기 루이지애나 가재찜으로 건너뛴 맥락과 같은 거였다. 말하자면 알 수 없는 맥락.

—

"호밀빵 할머니 집에는 작은 뜨락이 있는데 모란이 몇 그루 자란대요."

그러면서 "모란을 그루라고 해야 하나요 아니면 뿌리라고 해야 하나요?" 하고 물었다. 정길은 속으로 모란 한 그루, 모란 한 뿌리, 모란 한 그루, 모란 한 뿌리를 되뇌어 보고는 알 수 없어서 잘 모르겠다고 대답했다. 그럼 그루라고 해도 되겠다며 미르는 말을 이었다.

"꽃 중의 꽃이라고 해서 모란을 백화왕이라고 한대요. 할머니가 그러셨어요. 그 꽃이 왜 백화왕인지는 가꾸어 보지 않으면 모른다시면서."

정길은 그제야 호밀빵 할머니의 맥락을 알아차렸다.

호밀빵 할머니의 별명이 호밀빵인 이유는 단팥빵 대신 호밀빵을 사 가기 때문이었다. 누구보다 단팥빵을 기다리는 노인이었고, 단팥빵이 있다면 당연히 단팥빵을 살 터인데 단팥빵의 전설이 사라져 그것을 살 수 없으니 호밀빵을 사 간다는 할머니였다. 언젠가는 호밀빵이 단팥빵이 되길 바라며. 할머니에게 호밀빵이라는 호칭은 아쉬움과 기다림을 뜻했다.

정길은 자신과 호밀빵 할머니의 관계를 얼른 알아차리지 못했다. 미르가 호밀빵 할머니를 단팥빵이 아닌 모란과 결부시켰기 때문이었다. 모란 이야기를 하는 동안 미르는 여간해서는 단팥빵 얘기를 꺼내지 않았으니까.

정길은 호밀빵 할머니를 본 적은 없어도 알고는 있었다. 캐리어 속의 미라 단팥빵 기사를 본 적이 있었으니까. 고참 기자의 주선으로 기사화되었을 거라 짐작했다.

나무개제과점에 캐리어와 단팥빵 미라가 전시되어 있다는 것도 기사로 알았다. 잎이 돋지 않는다는 제과점 앞 버드나무 실가지와 함께 나무개제과점의 2대 명물이 되었다는 사실도.

매일매일 단팥빵을 기다린다는 호밀빵 할머니. 간접적이었긴 하지만 그 얘기를 접했을 때 정길은 세상으로부터 행방을 감추어 버린 자신의 처신에 대해 깊은 회의를 품지 않을 수 없었다.

그 할머니 얘기였다. 그런데 미르는 단팥빵 대신 내내 모란을 말했던 것.

미르가 호밀빵 할머니에게 직접 들었다는 모란 이야기를 요약하면 이랬다.

호밀빵 할머니의 집 뜨락에는 해마다 5월이면 탐스럽게 피어나는 모란이 몇 그루 있었다.

"모란이 지고 말면 그뿐 내 한 해는 다 가고 말아 삼백예순 날 하냥 섭섭해 우옵네다. 이게 무슨 뜻인지 알아?"

할머니가 물었다.

미르는 고개를 저었다. 그래야 할 것 같아서.

"모란이 피어 있는 건 고작 닷새뿐이라는 얘기야. 삼백예순다섯 날 빼기 삼백예순 날이면 닷새. 그것도 한 송이로 치자면 딱 사흘뿐이야. 진짜. 사흘. 그리곤 뚝뚝 떨어진다고. 뚝뚝. 그 큰 것이 말이야. 아휴. 모란이 아름다운 건 그 때문이야. 지고 나면 삼백예순 날을 기다려야 해서. 긴 기다림이 있어서 더 아름다워지는 거지. 그런데 모란이 진짜로 아름다울 때는 언제인 줄 알아?"

할머니가 또 물었다. 미르는 또 고개를 저었다.

"여행을 떠났을 때야." 할머니가 말했다. "어느 5월 아들 내외가 오라고 성화를 해서 미국에 갔었지. 그때가 하필 5월이었고 모란이 필 때였어."

미국의 아들네 집에도 이런저런 화초가 피어 있었는데 할머니와 할아버지는 두고 온 모란이 보고 싶어 그만 며칠 잠을 설쳤다고 했다. 수척해질 정도로.

"모란이 제일로 예쁠 때는 말이지…… 보고 있지 못할 때야. 그걸 알았어."

미르는 그 이야기를 나무개제과점 단팥빵 미라 앞에서 들었고, 호밀빵 할머니의 가슴에는 그날도 여전히 단팥빵이 아닌 커다란 호밀빵이 어린아이처럼 안겨 있었다.

"할아버지는 가시고 나한테는 저 캐리어와 빵 미라를 남겨 주었지."

미르는 그제야 할머니가 어째서 할아버지의 캐리어 앞에

서 모란 얘기를 꺼냈는지 어렴풋이 알 것 같았다. 보고 있지 못할 때 사무치는 것은 꽃만이 아닐 테니까. 돌아가셨다는 할아버지의 모습이 미르는 궁금했다.

"정말이지 저 빵 맛을 보고 싶어."

할머니의 목소리가 아련해졌다.

보고 싶은 것이 어찌 빵 맛뿐일까마는, 그 맛을 보지 않고는 빵 미라를 남긴 할아버지의 마음을 오롯이 느끼지 못할 것 같아 안타깝다며 할머니는 그윽한 눈빛을 지었다. 오래도록 잊히지 않을 눈빛이 있다면 바로 그런 눈빛이 아니겠느냐고 미르는 말했다.

할아버지의 마음을 온전히 알게 해 줄 빵. 그걸 과연 내가 만들 수 있을까. 기사를 통해 호밀빵 할머니의 사연을 처음 접했을 때처럼 정길은 미르의 이야기에 적잖은 동요를 느꼈다. 내가 그런 빵을 만들 수 있을까. 호밀빵 할머니가 간절히 바라는 것인 만큼 빵 맛은 어디까지나 할머니에 의해 결정돼야 하는 건 아닐까. 그럼 나는 무엇을 할 수 있을까.

정길은 갑자기 도리질했다. 미르가 그런 정길을 바라보았다.

"엄마도 닭발을 좋아하실까?"

정길이 딴말을 했다. 닭발이라니. 그런 순간에도 정길은 도망치려고만 했다.

"아마도."

미르는 정길에게서 눈을 떼지 않았다.

"언제 엄마 모시고 함께 먹을까?"

끝내 비겁하구나. 정길은 자기 모멸감에서 쉽게 헤어나지 못했다.

"그러든가요."

헤어나려 애쓰면서도 정길은 무심한 듯한 미르의 말과 표정에 사로잡혔다. 그러든가요. 몬티주마의 유카꽃을 바라보던 미르의 뒷모습. 그것에서 느껴지던 충동과는 다른 느낌의 위축감이었다. 갈피를 잡을 수 없이 뒤숭숭하고 복잡하기만 한 무엇. 그 이름할 수 없는 것에 무작정 짓눌려 정길은 닭발을 씹으면서도 매운맛을 전혀 느끼지 못했다. 무얼까, 이 혼란스럽게 얽혀 드는 낯선 감정은.

—

미르는 버틀러 선생님 얘기를 했다.

호밀빵 할머니 얘기에 이은 이야기.

정길은 미르의 말에 귀 기울였다. 호밀빵 할머니 얘기로 어수선하고 복잡해진 마음이 미르의 말에 주의를 기울이게 했다.

그러나 미르는 버틀러 이야기를 길게 하지 않았다. 사람들은 자신이 믿고 싶은 대로 사실을 재구성할 줄밖에 모르며, 사실이 아닌 사실이 증거라는 이름으로 사실을 대신하기 시작하면 사실은 오로지 그 사실을 아는 사람의 심중에서 작은 촛불처럼 외롭게 타오를 수밖에 없다고만 말했다.

버틀러가 어떤 사람인지, 미르는 그를 어떻게 생각했으며 그들의 관계는 어떤 성격의 것이었는지, 그리고 그날 두 사람 사이에 있었던 일과 그 후 학교 당국과 운영위원회의 판결에 대해 들었으나 정길은 미르의 진심을 제대로 알아차리기 힘들었다.

그래서 정길은 '누가 보아도 강제적'이었다는 사진의 증거 정황을 자신이 보았더라도 '누가'와 다른 판단을 내리기 어려웠을 거라고 생각했다.

"드문 일이었을 테니까요." 미르는 정길의 속마음을 들여다본 것처럼 말했다. "그래서 이젠 원망도 항의도 안 해요."

"드물다는 이유로?"

정길이 물었다.

"흔치 않아서 이해받지 못한 거잖아요."

"흔치 않아서……."

"흔했다면 금방 설명되고 다들 이해했겠죠. 흔한 설명으론 이해될 수 없었으니까 외면당한 거고요. 저들은 저와 버틀러의 관계를 흔한 방식으로 이해한 거고, 그게 '지위를 이용한 미성년 성추행'인 거예요."

"미르는 아니라고 했겠지."

"우정이라고 했죠."

"우정?"

"프렌드십(friendship). 한국어와 미국어는 다르겠죠. 한국 사람이 쓰는 한국어와 저처럼 미국에서만 배운 한국어도 다르겠죠. 한국어 경시대회에 나가면 늘 1등이었는데, 그게 한국어와 같은 것이었을까요? 같으면서도 이 말과 저 말 사이에는 언제나 크고 작은 차이가 있기 마련인데, 대개는 그걸 무시해 버리죠. 로이한테 우정이라고 말했지만, 그래서 이해받기 어려울 거라는 것도 알아요. 스케어서티 밸류(scarcity value, 희소성)란 무시해 버려지는 것이기 때문에 원망과 항의가 통할 리 없죠. 혼자 촛불을 안고 가는 수밖에요. 대신 대의라든가 대세 따위에 이제부터는 타협하지 않는 거고요."

"우정……."

그 아득한 말을 가만히 곱씹어 본다는 것이 그만 정길 자신의 귀에마저 신음처럼 들렸다.

"빵 맛도 그런 게 아닐까요?"

정길은 깜짝 놀랐다. 버틀러와의 아득한 우정에서 갑자기 빵 맛이라는 말이 칼끝처럼 튀어나와 정길의 옆구리를 찌른 것 같았다.

"모란의 아름다움은 모란 자체에도 있겠지만 360일의 긴 기다림, 기다림 끝에도 볼 수 없었던 아쉬움, 그리고 곧 뚝뚝 떨어져 버리고 말 설움, 이런 슬픔들 없이 모란이 찬란할 수 있을까요. 순간의 만남에 비해 백배나 긴 이별, 어긋나고 빗겨 나는 게 전부인 것 같은 기다림 없이는 아름다움도 없을 거예요. 아름다움을 빗겨 난 자리에 모란의 아름다움이 있듯 빵 맛도 로이가 생각하는 빵 맛으로부터 숙명적으로 어긋난 어딘가에서 무르익고 있을지도 몰라요."

정길은 말없이 미르의 얘기를 들을 수밖에 없었다. 미르가 정식으로 문제 제기를 하고 있다는 사실을 모르지 않았기 때문에.

고참 기자도 그랬듯 미르는 크지도 빠르지도 않은 목소리로 말했다. 그러나 정길은 야단맞는 기분이었다. 뭐라 변명하기도 쉽지 않아서.

"호밀빵 할머니가 기다리는 빵 맛이라는 거요, 그게 빵 미라에 남긴 할아버지의 숨은 뜻과 상관없는 걸까요? 모든 사람의 입맛에 맞는 빵이라는 게 있을까요? 그런 빵이 있다고 해도 사람마다 다른 이유로 맛있다고 할걸요. 호밀빵 할머니가 뭐랬냐면요, 할아버지가 살아 있을 적에는 미처 몰랐다고 했어요. 할아버지는 할머니의 요구와 사랑에 손발을 딱딱 맞추지 못하는 사람이었대요. 그런데 그런 남편이 남기고 간 요상한 빵 미라 하나에 온통 사로잡혀 꼼짝 못 할 줄 몰랐다는 거죠. 우스운 일이지만 나는 이러고 있다우. 쑥스럽게 웃으며 할머니가 말했어요. 정작 못 보고 빗나가고 말아 이제와 영영 후회처럼 이러는 걸 사랑이란다면 미르 처자가 나헌

티 뭐랄지 모르겠네. 저는 할머니에게 아무 말 못 했지만 할머니의 쑥스러운 웃음에 깃든 뜻은 알 것 같았어요. 그 미미한 것. 흔치 않아 이해받지 못할 감정이지만 소중한 것. 작은 불꽃일지라도 내 가슴 하나 밝히는 데는 모자람이 없는 것. 혼자서라도 오래 간직하고 싶은 것. 양보하지도 포기하고 싶지도 않은 것."

미르는 자신이 말한 우정도 그런 거라고 했다.

정길은 피닉스의 베르드 레스토랑에서 먹었던 1달러짜리 매콤한 닭다리와 차가운 맥주를 떠올렸다.

그때만 해도 능주의 재래시장에서 매운 닭발을 사이에 두고 미르와 이런 이야기를 나누게 될 줄은 몰랐다. 베르드의 닭다리를 먹으면서 닭발 먹으러 한국에 가자고 했던 것은 미르가 한 번도 한국에 가 본 적이 없다고 했기 때문이었다.

닭발보다는 한국이었는데, 미르와 정말 닭발을 먹게 됐다. 그것도 화순군 능주면의 작은 재래시장에서. 닭발 맛이 아닌 빵 맛에 진지해져서.

이와 같은 일들이 정길에게는 거친 꿈 같았다. 순서도 맥락도 없이 뒤섞이는. 현실감은 차가운 맥주 맛에만 간신히 남아 있었다. 베르드에서도 맥주는 차고 맛있었다.

아무 일 없었다는 듯 다시 나무개제과점에 나가 빵을 만드는 것. 미르의 말을 요약하면 그거였다. 미르가 정길에게 원하는 것.

—

정길은 다시 세상에 나가 빵을 만들기로 했다.

미르가 세 번째로 능주에 다녀간 날, 그러기로 마음을 정했다.

정길은 그날을 되돌아보았다. 어째서 이대로 다시 시작하기로 했던 건지.

까닭을 말로 하기는 어려울 것 같았다. 다시 나아가 빵을 만드는 일 말고는 다른 어떤 것으로도 이유를 설명할 수 없을 것 같았다.

거기에는 이유도 까닭도 없기 때문이었다. 맨 처음 손에 밀가루를 묻히고 땀 흘려 손반죽하던 스물다섯의 정길로 되돌아가는 것과 다름없었다.

정길은 더불어 알게 되었다. 세상으로부터 자신을 숨긴 데에도 이유 같은 건 없었다는 것을. 있었다고 한다면 그건 틀린 것이거나 착오였을 거라고. 돌아가는 데 조건 따위 있을 수 없었다.

미르가 능주에 세 번째 왔던 날, 정길은 아일랜드 유학길에 올라 영영 돌아오지 않는 첫사랑에 대해 말했다. 미르가 돌아가고 난 뒤 그런 얘기를 어쩌다가 그 아이에게 하게 되었는지 되짚어 보았으나 잘 알 수 없었다.

다만 까닭 없이 떠났다가 까닭 없이 돌아가는 자신의 허망한 생의 행로를 소슬하게 돌아보며, 첫사랑도 언젠가는 이 땅에 다시 돌아오지 않을까 하는 멋쩍은 상념에 빠졌던 게 전부였다.

나무개제과점으로 돌아가기로 했다. 이유가 없었다고는 하지만 마음을 돌려먹은 것은 사실이었다. 무엇이 정길의 마음을 돌렸고, 그로 하여금 이유 없음과 생각의 무상함을 깨닫게 했을까.

거기엔 분명 미르가 있었다. 그날도 미르는 빵 맛에 대한 정길의 말을 귀담아 들었고 미르 나름의 의견도 펼쳤다. 그러나 둘 사이에 오고 간 대화가 정길의 결정에 큰 영향을 미치지는 않았다. 말이 아닌 행동, 행동이라기보다는 어떤 스침, 순간이었으나 충만했던 자극과 동요가 정길의 마음을 돌려놓았다.

결정은 정길의 몫이 아니었다. 알 수 없고 말할 수 없으나 정길의 존재를 가득 압박해 오던 이질감이 결단의 주인공이었다. 낯설고 무섭지만 어딘가 힘 있고 산뜻한 성질의 것. 혼란의 와중에 정길의 입술을 스치고 간 미르의 것. 따뜻하고 부드럽고 강렬했던 것. 잠깐이지만 영원할 것만 같았던 것. 결정의 지침을 돌려놓았던 건 그것이었다.

미르
4

———

혼자 가슴에 품고 가야만
하는 출 같은 것

엄마의 반응이 조금은 의외였다.

"어쩌면, 아직 잘은 모르지만, 전설의 단팥빵을 먹게 될지도 몰라."

미르는 조심스럽게 말했다. 엄마가 호들갑을 떨까 봐. 엄마의 기대가 너무 클까 봐.

정길이 다시 세상에 나와 빵을 만들기로 했다는 사실을 가장 먼저 안 게 미르였다. 그러나 누군가로부터 들은 불확실한 소문을 전하듯 엄마에게 말했다. 엄마가 서둘고 나서면 좋을 게 없다고 생각했다.

"그렇구나."

그렇구나. 이건 평소 엄마의 반응이 아니었다. 한편으로는 안심이 되면서 맥이 좀 빠졌다.

엄마가 화들짝 놀라 달려들면 어쩌나 일부러 뜸을 들였던 건데, 아니었다.

정말? 언제? 그동안 어디 있었대니? 어떻게 다시 나와 만들게 됐대? 응? 최소한 이랬어야 했다. 숨도 안 쉬고. 평소의 엄마라면.

그런 엄마를 경계해 일부러 뜸을 들였지만, 내심으로는 전설의 출현을 자랑스레 알리고 싶은 마음도 있었다. 그러나 엄마는 단팥빵 따위 별로 기대하지 않았던 사람처럼 반응했다. 미르는 묘한 배신감마저 느꼈다.

요즈음 엄마는 바깥출입이 뜸했다. 한국에 온 직후 며칠 동안 빵을 찾아 이동한 거리에 비하면 멈춰 있는 거나 마찬가지였다.

엄마는 숙소에서 창밖으로 바다를 보거나 작은 커피 테이블에 앉아 무언가를 그리거나 쓰면서 한숨을 쉬었다. 엄마의 상태가 더 안 좋아진 걸까. 하기야 치료를 중단한 엄마가 더 좋아질 리는 없었다.

엄마가 혼자 있을 때 어딜 가고 무얼 먹으며 노트에 무엇을 적는지. 나무개제과점과 능주를 오가면서 얼마간 엄마를 소홀히 했다는 후회가 밀려왔다.

한국에 온 것도, 그리고 어딘가 우스운 데가 있긴 하지만 단팥빵을 찾아 전국을 순례한 것도 엄마를 위해서였다. 그러고 보니 최근에 엄마가 무언가를 맛있게 먹는 모습을 못 본 것 같았다.

"소문이 확실한 건 아닌데도 엄마, 벌써부터 사람들의 기대가 대단해."

미르는 한 걸음 더 들이밀었다. '엄마는 안 기다려져?'라고 묻는 거나 마찬가지였다.

"어서 먹어 봤음 좋겠다. 기다려져."

더없는 모범 답안 같은 대답이었으나 누군가가 써 놓은 문장을 받아 읽는 것 같았다.

"정말?"

"어, 되게 많이."

미르는 갑자기 눈물이 날 것 같았다. 힘없는 엄마를 보는 게 가장 두려웠다.

엄마는 미르에게 엄마였고, 가장이었고, 선생님이었고, 친구였고, 연인이었다. 도둑이었고, 웬수였고, 철없는 동생이었을 적에도 엄마는 엄마였다. 엄마는 미르에게 모든 것의 엄마였다. 티격태격할 때는 물론이고 못 잡아먹어 서로 으르렁거릴 때도.

엄마 없는 미르란 있을 수 없었다. 아이에서 소녀가 되었을 때 가장 먼저 깨달았던 건 아빠의 부재였다. 아빠는 전화 목소리로만 겨우 존재하는 사람이었다. 아빠가 없다는 건 모르지 않았으나 왜 없어야 했으며 그것이 무엇을 뜻하는지는 5학년이 되어서야 알았다. 엄마는 미르 곁을 한시도 떠나지 않았다.

엄마의 삶은 오로지 미르와 자신의 생물학적 생존에 맞춰져 있었다. 어떻게든 먹고사는 것. 미르와 자신의 생존에 유리한 것은 그리하여 무엇이든 진리였으며, 그렇지 않은 것은 무엇이든 거짓이었다.

그 진리가 얼마나 슬픈 진리인지 엄마는 따지지 않았다. 어떤 숫자를 2로 나누었을 때 1이 남으면 홀수, 아무것도 남지 않으면 짝수였다. 그처럼 엄마의 세상은 이것 아니면 저것으로 이루어져 있었으며, 철저하게 엄마 기준의 진리를 택했다.

그러다가 덜컥 폐암 말기 선고를 받고 엄마는 오금이 꺾였다. 실제로 2주 동안 일어서지 못했다. 엄마를 다시 일으켜 세운 것은 역설적이게도 절망이었다.

엄마는 더 이상 엄마의 세상, 엄마의 진리를 따르지 않았다. 그런 세상을 버리지 않고는 남은 삶을 견뎌 낼 수 없었을 테니까. 엄마는 벗어나고 포기했다. 희망을 갖지 않으며, 무능을 후회하지 않으며, 절망에 슬퍼하지 않으며, 눈물을 피하지 않는 삶 쪽으로 돌아섰다. 엄마에게는 죽음 너머를 바라보는 자의 새로운 유머와 능청이 생겼고, 그 이상한 힘으로 살았다.

그런 엄마의 마지막 소원이 '세상에서 가장 맛있는 단팥빵'을 먹는 것이었다. 그마저도 엄마 식의 농담 중 하나라고 미르는 생각했다. 미르가 알 수 없는 은유로서의 농담.

알 수는 없었지만 엄마가 그 단팥빵을 먹게 된다면 은유로서의 엄마의 소원이 이루어지는 거였다. 그래서 미르는 아무 소리 않고 엄마와 함께 한국에 왔고, 단팥빵을 찾아 전국을 헤맸으며, 마침내 기묘한 인연으로 단팥빵의 전설을 만나 그를 세상으로 이끌어 낼 수 있었다.

이제 남은 것은 엄마가 그 빵을 먹고 만족하는 거였다. 엄마의 기대가 클 수밖에 없었다. 미르는 기대가 너무 커서 일을 그르칠까 봐 내심 걱정이었다.

그런데 엄마의 의외의 반응 때문에 미르의 걱정이 바뀌었다. 서두르면 어쩌나에서 서두르지도 못하면 어쩌나로. 희망을 갖지 않고 무능을 탓하지 않으며 흐르는 눈물을 흐르게 함으로써 얻게 된, 이상하지만 새로운 힘마저 엄마의 몸에서 빠져나가고 있는 게 아닐까.

엄마의 호들갑도 그 힘이 있어서 가능했던 일인데.

"곧 먹게 된다고, 엄마."

불확실한 소문을 전하듯 말하던 미르는 어느새 엄마에게 확신을 주고 있었다.

미르를 바라보는 엄마의 얼굴이 전에 없이 인자했다. 미르는 엄마의 그런 표정이 마음에 들지 않아 와락 거칠게 말하고 싶어졌다. 엄마한테 그런 웃음 진짜 안 어울리거든!

그러나 그러지 못했다. 로이가 돌아와 빵을 만들게 되었으니 이제 엄마 곁을 지키는 게 자신의 일이라고만 생각했다. 더는 나무개제과점에 나갈 필요도 없었고.

그리고 아직은 엄마에게 말하지 않기로 했다. 전설이 다시 빵을 만들게 되기까지 자신이 어떤 역할을 했는지.

미르는 엄마가 어떤 선입견도 없이 전설의 단팥빵과 만나길 바랐다. 엄마의 갈망하는 혀가 오로지 그 단팥빵의 순수와 마주하기를.

"니가 자꾸 그러니까 빨리 먹고 싶잖니."

엄마의 기운이 조금 돌아온 것 같았다.

미르는 엄마의 살짝 짜증 섞인 말이 듣기에 훨씬 좋았다.

—

"아르아다 눈 데가 준 자미자미 오 테가 있었잖아요."

미르가 물었다. 정길을 세 번째 만났던 날이었다. 역시 능주에서.

"아침깜짝물결무늬풍뎅이?"

"맞아요."

"가져왔었지."

"어땠어요?"

"여러 차례 다른 방식으로 내 빵에 적용해 봤지만 원하는 풍미를 얻는 데는 실패했어."

"몬티주마에서 그 빵 맛있었는데. 꾹빵."

"베링 해협의 맛이었지."

"해협의…… 맛?"

"미안. 맛이라는 것도 스토리의 영향을 받는다는 말을 하려던 참이었어. 베링 해협의 두 할아버지라든가."

"종족 신화 같은 거요? 아니면 그들의 대륙 이주와 소멸의 역사?"

"그런 거라든가, 아니면 60년 전의 알이 부화해서 어느 날 아침 깊은 나이테를 뚫고 툭 튀어나오는 풍뎅이 이야기라든가."

"사각사각 뿅 툭."

"응. 사각사각 뿅 툭의 맛. 100년 만에 핀다는 유카꽃의 맛. 그런 것. 시간의 맛."

"그런 게 꾹빵의 맛이 되었던 거라고요?"

"맛이란 그런 거 아닐까. 식재료도 식재료지만 기다림의 맛이란 것도 있을 테니까."

"의외네요?"

"내가?"

정길의 집 거실 창으로 내다보이는 안산의 산 빛이 첫 번째 방문 때와 완연하게 달랐다. 한창 때는 가을 단풍도 봄꽃과 다름없이 촉촉하고 선연했다. 그러던 것이 메마르고 희치희치해졌다.

모란처럼 단풍이라는 것도 볼 수 없을 때가 가장 아름다

울까. 정길은 그런 단풍이 그리워 몹시 아쉬워한 적이 있었
을까. 아일랜드로 떠나 영영 돌아오지 않고 있다는 첫사랑이
그러할까. 정길에게는 그녀가 세상에서 가장 아름다운 사람
일까.

"로이는 도 닦듯 빵을 만들어 온 사람이었으니까요."

"……."

정길은 잠깐 미르의 눈길을 피했다.

"사람들이 로이의 빵 맛을 좋아하는데도 굳이 진리의 빵
맛을 찾아 혼자 은둔했잖아요. 출가하듯이."

"미르가 무슨 말을 하려는지 알겠어."

"그러니까 의외라는 거예요. 로이가 찾던 진리 이외의 것
에 빵 맛이 있다고 말하는 것처럼 들리니까요. 시간이니 기
다림이니 하는."

"대중이 느끼는 빵 맛은 진정한 맛이 아니라, 대량 소비
사회가 유포하고 강요한 고정관념이든가 환상 같은 거라고
생각했으니까. 자기의 입맛이라기보다는 타인들의 입맛을
자기 것으로 착각한 결과라고 굳게 믿었으니까. 생산자가 강
제로 요구하는 맛이든가, 유행의 맛 같은 것. 그건 대중을 소
비 기계로 만들어 버리는 무서운 일인데, 아무도 그 맛에 저
항하지 않고 오히려 기꺼이 그것에 예속되어 달콤하게 안주
하면서 무슨 고급 취향인 양 즐기는 거라고 생각했지."

"그래서 누가 뭐래도 로이는 그런 셀프 어슈어런스(self

assurance)하지 않은, 빤한 레시피의 예속에서 벗어나 진정한 맛을 찾으려고 세상을 등진 거고요."

"그랬⋯⋯었지."

"그랬는데요?"

"진정한 맛이라는 게, 미르가 꼬집은 그 진리의 빵 맛이라는 게, 바꾸어 생각해 보면 그것 자체가 이미 내 환상일지도 모른다는 거야. 있지도 않고 있을 수도 없는 것을 있다고 믿은 내가, 어쩌면 가장 먼저 고정관념에 붙들려 남의 생각을 내 생각인 양 착각해 온 사람일지도 모르니까. 진정한 맛이라니."

고통을 견디는 듯한 표정으로 정길이 말했다. 더는 미르의 눈길을 피하지 않은 채.

"부끄러운 일 같지만 나는 그동안 솔직히 미르를 잊으려 했다. 노력했어. 왜 그랬겠니. 잊히지 않았기 때문이야. 이렇게만 말할 테니 미르가 알아서 내 말을 이해하거나 해석하렴. 나는 미르에게 그런 나를 이미 들켰다고 생각하니까. 무슨 말인지 알 거야. 그랬어. 하지만 오늘 나는 이처럼 솔직하게 말할 수 있어. 더는 부끄럽지 않을 거니까."

미르는 그와 눈을 맞춘 채 고개를 끄덕였다. 정길이 말했다.

"미르를 볼 때마다 내가 느꼈던 낯선 감정과 충동을 나는 의심할 여지도 없이 사랑이라고 믿었다. 그 믿음이 지금 달라졌다는 게 아니야. 다만 그 사랑이 어떤 사랑일까 생각하게 되었다는 걸 너에게 고백하는 거야. 과연 그것이 내가 믿고 생각했던 바로 그 사랑, 남녀 간 연애의 감정일까. 진정한 빵 맛이든 진리의 빵 맛이든 그것이 아주 없다고는 할 수 없겠지. 나는 그걸 믿었던 사람이고 지금도 믿고 있어. 다만 그런 빵 맛은 내가 믿었던 한 가지 방식으로만 존재하지 않는다는 사실을 알게 되었다는 거야. 시간도 우정도 기다림도 빵 맛이 될 수 있고, 심지어는 내가 찾던 맛과는 어그러진 곳에 그 빵 맛이 있을지도 모른다고 생각하게 되었지. 그러면서 미르를 볼 때마다 내 안에 일던 소용돌이를 정염 하나로만 여기던 숨 막히는 믿음, 거기에도 여지가 생긴 거지. 의심의 여지. 과연 그것은 정염만이었던가. 또 다른 무엇이었다면 과연 그것은 무엇일까. 무엇일까. 아직 알 수는 없지만, 얼른 알 수 없는 것이기에, 그것이 있다면 그것은 미르가 말했던 스케어서티 밸류(scarcity value)에 속하는 것일지도 몰라. 어쩌면 혼자 가슴에 품고 가야만 하는 촛불 같은 것."

정길의 말을 듣다가 미르는 울컥했다.

생각을 앞질러 북받친 낯선 감정을 주체할 수 없었으나 미르는 주체할 수 없는 대로 내버려 두었다. 그것의 정체를 알려 하는 대신 그것의 흐름을 주의 깊게 살폈다.

정길이 말한 것처럼 미르는 알고 있었다. 정길과 함께 피닉스의 여러 거리를 걷고 먼 오클라호마까지 다녀오면서 문득문득 느꼈던 것들. 정길의 시선이 가이드를 대하는 여행자의 눈빛만이 아니었다는 것.

하지만 정길이 고백하는 바와 같이 그것은 한 중년의 남성이 어린 여성에게 느끼는 염치없고 무턱 댄 욕망 같지는 않았다. 그랬으므로 가이드 계약과는 무관하게 정길과 맥줏집을 찾아 피닉스의 밤거리를 걷고, 템피의 에어비앤비를 방문했을 것이다.

미르에 대한 정길의 감정이 정확히 어떤 것인지 알 수 없었으나 예사롭지 않다는 것만은 알 수 있었다. 그러나 미르는 그런 정길을 조금도 경계하지 않았다.

정길의 눈빛과 은밀한 속내를 모르는 척 받아들였다는 뜻이 아니었다. 그건 아니었다. 오히려 미르가 정길에게, 먼저, 한발 다가간 것이었다. 인디아 페일에일을 마시자고 조른 것도, 카오카무 재료를 사 들고 템피에 가겠다고 한 것도 미르였으니까. 왜 그랬던 걸까.

정길의 고백을 들으면서 무언가 울컥 북받치기만 했을 뿐, 그것의 정체를 알 수 없었던 것도 그 때문일 것이다. 미국에서 그를, 로이 윤중업으로 만났고, 작별했고, 5년 만에 다시 한국에서 전설의 윤정길로 만난 것. 극적인 면이 없지 않았듯 어딘가 심상치 않은 우연이 작동하고 있었다.

게다가, 왜 그랬을까, 왜 그랬던 걸까 미르가 궁금해하던 것을 지금 정길이 자신의 고민으로 고백하고 있지 않은가.

그러니 울컥할 수밖에. 울컥은 연애의 감정은 물론 울음의 전조도 아니었다. 알 수 없는 어떤 느낌일 뿐이었다. 그야말로 '어떤'이라고밖에 할 수 없는.

그것을 미르와 정길이 동시에 느끼고 있다는 게 당혹스러웠고, 그것이 다른 사람들에게는 이해되기도 전달되기도 쉽지 않은 희소성이라는 점이 놀라웠다.

"로이의 빵을 좋아하던 사람들은 그때도 그렇고 지금도 여전히 로이의 빵을 조용히 기다리고 있어요."

미르가 말했다.

정길
4

오랜 사랑과 기다림을
인정할 차례예요

"로이의 능력과 기술을 인정해서 로이의 빵을 기다린다기보다는, 로이의 빵이 좋아서 사람들은 그것을 사랑했던 거 같아요."

정길은 미르가 자신에게 한발 더 바투 다가선다는 느낌을 받았다. 심정적으로도 그랬지만, 실제로 미르는 정길의 탁자에 양 팔꿈치를 괴고 정길 쪽으로 얼굴을 살짝 내밀듯 말했다. 능주 햇살마을 정길의 거처에 두 사람이 마주 앉는 오후는 이미 익숙한 풍경이었다.

"사람들이 로이의 능력과 기술을 인정 안 한다는 뜻이 아니에요. 그거라면 벌써부터 인정했지요. 인정하고 말고 할 것도 없을 정도로. 아무에게나 전설이라고 하지 않잖아요. 제 말은요, 이제는 로이가 그들을 인정할 차례라는 거예요.

그들의 사랑과 오랜 기다림, 묵묵히 그리워하는 그들의 빵 맛. 그거요. 그걸 인정하지 않는다면 어디에 빵 맛의 진리가 있을까요. 그래서 저는요, 로이가 세상에 다시 나가는 것, 나가서 빵을 만드는 것, 그때가 바로 로이의 빵 맛이 완성되는 순간이라고 생각해요."

"누구보다도 미르가 그 빵 맛이 보고 싶은 거고?"

정길이 물었다.

"그걸 먹지 않고는 미국으로 돌아갈 수 없을 것 같으니까." 미르가 겨우 웃었다. "엄마도 그럴걸요."

"엄마도?"

"단팥빵이라면 아무래도 한국 태생인 엄마가 더 잘 알 테니까요. 저는 미국에서만 자랐잖아요."

"음."

정길이 고개를 끄덕였다.

"그런데 로이."

미르가 정길의 눈을 뚫어져라 쳐다보았다.

"말해."

"그걸 못 먹으면 저는 미국으로 돌아갈 수 없을 거고요, 엄마는 죽지 못할 거예요."

"농담치고는 사나워."

"죄송해요. 하지만 죽기 전에 그걸 먹어 보는 게 엄마의 소원이에요."

"여전히 사납잖아."

"폐암 말기거든요, 엄마."

"……."

정길은 말문이 막혔다.

"이런 말 해서 죄송해요. 고약한 협박이 되어 버렸네요. 다시 말할게요, 로이. 엄마는 단팥빵을 좋아해요. 렁 캔서와 상관없이. 하지만 저는 로이의 단팥빵을 엄마가 먹어 봤음 좋겠다는 생각을 해요. 그러니 제 말에 겁먹지 않았음 좋겠고요."

미르가 다시 웃었다.

"빵 맛이라는 게 내 생각 밖에 있고, 인식 밖에 있고, 감각 밖에 있는 거라면 엄마가 맛볼 빵에는 엄마의 소원이 깃드는 거겠지."

"고마워요, 로이."

"빵 맛이라는 것도 고정되지 않은 무한한 시간에 속하는 걸 테니까."

"숱한 인연의 길을 열어 주기도 하고요."

"인연."

"이미 많은 사람들이 로이의 빵을 인정했어요. 인정하지 않았던 적이 한 번도 없었지요. 로이 스스로 자신의 빵을 인정하지 않았을 뿐이에요. 말했듯이 이제 로이가 사람들의 기다림을 인정할 차례예요. 그래야 인연의 빵 맛이 완성되는 거니까."

"빵 맛의 요체는 그러니까 실력과 기술, 이해, 그런 것 말고……."

"그것도 그것이지만 접촉이요. 사람들과 숨으로, 피부로 나누는 거요. 만나는 거요. 맛도 접촉일 테니까요. 음식물과 혀의 접촉, 다른 이의 입맛과 내 입맛의 접촉, 그런 거요. 접촉 없이 맛이 나올 수 없으니까. 소원, 그리움, 지난 시간들, 회한과의 접촉."

그러다가였을 것이다. 정길은 무언가 스치는 걸 느꼈다. 정길의 온몸을 스캔하듯 그것은 느리고 부드럽게 지나갔다.

갑작스러운 것이어서 정체를 알아차릴 수 없었으나 옅은 전기적 자극이 한동안 정길의 몸 안에 머물렀다.

눈앞에 동그마니 앉아 있는 미르의 눈빛과 새삼 마주치고서야 정길은 스침의 시작이 자신의 입술 쪽이었다는 걸 깨달았다. 미르에게서 온, 눈 깜짝할 사이의 감촉이었던 그것. 아기의 매끈하고 보드라운 살갗이었거나, 난데없이 벚꽃이 떨어지다가 입술을 스친 것처럼 의아하고 미미했던 것. 그러나 또렷했던 것.

순간적이어서 어디에도 흔적을 남기지는 않았으나 접촉의 잔상은 얼마간 지속되었다. 뜻밖의 순간. 그것에 어떤 이름도 붙일 수 없다는 걸 정길은 알았다. 붙인다면 수십 년을 세도 셀 수 없을 만큼 많은 이름이 필요할 것 같았다.

대신 왠지 슬프고 시원하면서 확연해지는 것이 있었다. 빵 맛의 진리는 없는 것이 아니라, 셀 수 없이 다양한 빵 맛이 되기 위해서 언제까지고 보류되는 진리여야 한다는 것, 셀 수 없이 많은 사람들을 접촉하며 완성될 진리라는 것.

애정도 우정도 아닌, 뭐라 이름할 수 없는 스침이었다. 그것은 정길이 오랫동안 상상해 왔던 정염의 체온이 아니었다. 깊은 곳에서 솟구친 뜨거움이라기보다는 아득히 오래고 먼 데서 정체 모를 기시감처럼 다가온 따뜻함이었다.

그런데 미르는 어째서 단팥빵에 그토록 절실한 관심을 보였을까. 능주에 세 차례나 온 미르를 보자면 마지막이 될지도 모를 엄마의 한국 여행에 동행한 착한 딸의 면모라기보다는, 오로지 정길을 다시 빵의 세상으로 내보내기 위해 지구 반대편에서 날아온 전령 같았다.

인연이라면 이상하고 알 수 없는 인연이었다. 그러나 이상함과 알 수 없음조차 앞으로 미르 모녀가 맛보게 될 빵에 고스란히 깃들지도 모른다고 생각하자 정길은 막연히 두려워졌다. 김미르. 도대체 이 아이는 누구일까. 이 아이는 나의 막연한 두려움을 알까. 어째서 능주에 찾아와 데자뷰 입맞춤까지 하게 된 건지 본인은 알까.

알고 모르고의 문제를 떠나 이 뜻밖의 작고 미미한 스침이 운명의 지침을 돌려놓았다는 것만은 분명했다.

"이제부터 반죽은⋯⋯." 정길의 말에는 체념과 의지가 반

반씩 섞여 있었다. "나무개제과점의 한 포짜리 커다란 버티
컬 믹서로 하게 될 거야."

경희
4
나보다 빵이 더 좋아?

그날도 빵은 좀 보챘던 것 같아. 집요하거나 길게 그러는 편은 아니었는데 졸업을 이틀 앞두게 되니까 좀 더 그러는 것 같았어.

나 때문에 군 입대도 미뤄 두고 있었거든. 군대에 가 버리면 내가 졸업한 뒤에나 복학을 할 테고, 그러면 영영 못 만날 수도 있다고 생각한 거겠지.

군대에 가는 대신 나에게 지성으로 빵을 가져다 바쳤지. 3년 반 동안. 그래서 사귀지는 않았지만 헤어지지도 않았던 거야.

그런데 졸업이 코앞에 닥친 거야. 더는 입대를 미룰 수도 없었고. 내 반응이라는 것은 3년 반 전과 똑같았고. 그러니 보챌 만도 했겠지.

난 네가 좋은데 넌?

말하자면 그날도 이런 식이었지. 물론 그때그때 질문의 형식이 달라지긴 했어. 나보다 빵이 더 좋아? 내 어디가 맘에 안 드는데? 이런 식. 대책 없는 직구. 던지는 족족 피하고 싶은 돌직구가 되는데 던지는 사람만 그걸 모르는. 요점은 같았어. 형식은 다르지만 내용은 같았지. 난 네가 좋은데 넌? 결국은 그 말.

"그렇게 물으면 너만 손해야."

내가 말했지.

"어째서?"

다른 날 같았으면 이런 되물음에 대답 안 했을 거야. 내 말의 뜻을 곰곰이 잘 생각해 보시길, 하며 침묵했겠지. 하지만 그날만큼은 나도 그러고 싶지 않았어. 그는 모르고 있었지만, 그날이 그와의 마지막 날이었으니까.

사흘 뒤에 나는 한국을 떠나게 돼 있었어.

미국에 가면 곧장 네 아빠와 함께 사는 거였지. 그러기로 돼 있었어. 가게 되면 남자의 양말 같은 것도 빨아야 하나 끔찍했지만, 해내지 못할 것도 없겠다 싶었어. 나도 스물네 살이나 되었고, 언제까지고 엄살로 인생을 버틸 수는 없었으니까. 봄이 되면 정식으로 결혼식을 올릴 예정이기도 했고.

생각보다 아빠가 엄마를 많이 좋아하는 편이어서 미국에서의 삶이 그다지 나쁘지 않을 거라는 생각도 들었어. 나쁘지 말아야 한다는 생각이 먼저였긴 했지만, 어쨌든 나 하기 나름 아닌가 싶었지. 어른처럼, 어른답게.

실은 너도 알다시피 네 아빠가 워낙 깔끔해서 더러운 양말 같은 건 걱정 안 해도 되었어. 오히려 아빠가 엄마 양말까지 빨아 준다고 설칠까 봐 은근히 걱정이 되었을망정.

"너를 좋아하냐 안 좋아하냐고 나에게 묻는 거잖아."

그날도 나는 빵을 먹었어.

"응."

그는 빵 먹는 나를 바라보았고.

"그럼 나는 좋아한다 안 좋아한다로 대답해야 하잖아."

"그게 왜?"

"네가 나를 좋아하는 것만큼 내가 널 좋아했다면 왜 말을 안 했겠니."

"안 좋아해서 안 한 거라는 말이잖아."

"저 봐. 저런다니까. 그러니까 그렇게 물으면 네가 손해라는 거야."

"내 물음이 날 안 좋아한다는 대답을 요구하는 거라고?"

"잘 아네."

"그게 그렇게 돼?"

그날 나는 빵에게 고백은 굳이 고백의 형식을 띠지 않아도 상대가 다 알게 돼 있다고 말했어. 심지어는 마주 보지 않고 해도 된다고 했지. 어느 아주 맑은 날 전화를 걸어서 지금

하늘을 볼 수 있어? 흰 구름이 보이지? 지금 내가 참을 수 없어서 너에게 무슨 말을 하려는데 무슨 말일지 알겠어? 라고만 말해도 되는 거. 다 아는 거. 고백은 그래야 하는 거라고 했을 거야. 널 좋아해, 널 사랑해, 라는 고백도 나쁘지는 않지만 너도 나 좋아해? 왜 나를 안 좋아해? 이런 식은 아닌 것 같다고. 고백은 상대가 원하는 말을 하는 것이지, 내가 원하는 말을 하는 게 아니라고.

그에게 해야 할 말을 다 해야 할 것 같았어. 남겨 둘 수 없잖아. 다시는 못 볼 텐데.

빵이 싫으면 빵을 먹지 않았겠지. 마찬가지로 그가 싫었다면 그를 만나지 않았을 거야. 그가 가져다주는 빵이 아무리 놀라 자빠질 만큼 맛있다고 해도.

나는 3년 반 동안 그의 곁에 있었어. 송숙이보다 그와 함께한 시간이 더 많았을걸. 그걸 빵에게 말했지. 네 곁에 있었다. 사귀는 사람들도 그러기 어려운데 좋아하지도 않으면서 어떻게 그럴 수가 있었겠냐며. 주변으로부터 놀림도 받고 의심도 받았지만 우린 개의치 않지 않았느냐며. 그러면서 나는 내가 하는 말에 스스로 놀라고 있었어. 정말 그랬구나. 아, 우리는 그래 왔구나 하고.

과 체육대회 때 피구를 하다가 넘어져 실신한 나를 학교 앞 을지병원 응급실까지 업고 뛴 것도 그였어. 가느다란 그가 통통한 나를 업고 헉헉 뛰는 모습이 가엽지만 거룩했다하여 친구들이 '6월의 성(性)스러운 질주'라고 이름까지 붙여 놀려 댔어도 그와 나는 이상할 만큼 아랑곳하지 않았지. 청춘의 한때를 아름답게 추억할 수 있는 소중한 질주였으니까. 아무나 가질 수 없는.

"송숙이도 있었지만 내 대학 생활은 너와 함께였다고 해도 하나도 이상하지 않잖아."

내 말에 빵이 고개를 끄덕였어. 나는 이어 말했지.

"이상하지 않은 게 이상하잖아. 좋아하지도 않는데 그럴 수 있을까? 네가 좋았다는 뜻 아닐까?"

"내가 좋았다고?"

그가 깜짝 놀랐지. 나도 좀 놀랐고.

"좋았다는 내 말을 인정하기 어렵다면 그냥 묘한 끌림 정도로 해 둘까. 결코 쉽게 외면할 수 없는."

"빵 때문이 아니었고?"

"네가 싫었다면 그토록이나 오래 빵을 얻어먹었겠니?"

"정말 내가 좋았기 때문이라는 거야?"

"너 자신에 대해 너는 어떻게 생각할지 모르지만, 넌 누군가로부터 사랑받기에 아무 문제 없는 사람이야. 좋은 점이 훨씬 많지."

이렇게 말해도 되나 슬슬 걱정이 되었어. 헤어지는 마당에 어쩌려고.

"그렇게 말해 주는 거 고맙지만 나는 그 누군가가 너였으면 좋겠다는 거야."

"나도 그게 유감이긴 해. 네가 좋아도 너랑은 안 돼."

"어째서?"

"이미 결혼하기로 돼 있는 사람이 있거든."

"내가 스무 살 때부터 너랑 쭉 지내 왔는데 갑자기 무슨. 거짓말이 너무 허술하잖아."

"열네 살 때부터였어."

1초도 쉬지 않고 말해 버렸지.

더는 말을 돌릴 수 없었어. 내 대답에 담긴 기운이 그에게 온전히 전해졌던 걸까. 그는 입을 벌린 채 나를 바라보기만 했지.

나는 양심선언이라도 하듯 열네 살에 있었던 부모들의 어이없는 약속을 그에게 얘기했어. 그들이 기업을 이루어 낸 배경과 기업의 이름, 그리고 오너의 성명과 그의 가족 구성까지. 내 부모가 당했던 사고와 세상에 알려지지 않은 두 집안의 사연은 물론 내가 그들로부터 받은 인정과 배려를 숨기지 않았어.

처음엔 설마 하고 벌어졌던 그의 입이 절망으로 굳어져 닫히지 않았어. 미안하고 무책임했지만, 솔직하게 말하는 것이 그에 대한 마지막 도리라고 생각했나 봐.

그리고 너무 가혹할 것 같아서 사흘 뒤라고는 차마 말하지 못하고 공부를 하기 위해 곧 해외에 나간다고만 했지. 정혼자의 예비 신부로서 간다고는 도저히 말할 수 없었단다.

나는 그에게 미안한 게 많았어.

그동안 내 가족사를 말하지 않은 것, 해외에 나간다고 미리 귀띔하지 않은 것도 미안했지만 내 미안함은 그런 것보다 훨씬 근본적인 거였어. 내가 잘 모르고 있었을 뿐이지.

그와 헤어져 다시 못 볼지도 모르게 된 순간이 되어서야, 그에게 말하지 않고 피해 왔던 이런저런 것들에 대해 미안해지고서야, 비로소 보다 더 깊은 곳에 숨어 있던 미안함을 발견하게 되었어.

벌어진 입을 다물지 못하는 그 앞에서 나도 많이 놀랐어. 그에게 정말로 미안해해야 할 것이 무엇인지를 소스라치게 깨달았으니까.

"누구보다도 너는, 이기적인 나에게 없어서는 안 될 존재였어. 꼭 필요한. 그게 미안하다."

그는 아무 말 하지 않았어. 어느새 입은 다물었지만, 내게 결혼할 상대가 열네 살 때부터 정해져 있었다는 사실과 곧 해외로 떠난다는 말까지 한꺼번에 들었으니 충격이 컸겠지. 게다가 군 입대가 그를 기다리고 있었고.

"내가 염치도 없이 그토록이나 오랫동안 너에게 단팥빵을 얻어먹은 이유를 끝까지 진지하게 생각해 보지 않은 거, 그래서 몰랐던 거, 미안해."

나는 말했어.

"물론 빵이 맛있어서였겠지. 어디 가서도 이런 빵은 먹을 수 없을 거야. 하지만 나는 네가 필요했던 것 같아. 응, 나는 네가 필요했어."

그는 듣기만 했어. 나는 말했고.

할머니와 나는 외롭고 불안했다고 말했어. 아버지의 친구분이 나와 할머니를 모자람 없이 보살폈지만 그것으로는 다 채워지지 않는 게 있었다고.

미르야. 나는 그 사람에게 정말 미안했어. 나는 그가 내 곁에 있기를 늘 바랐는데, 좋아서도 위로받고 싶어서도 아니었어. 의지처가 필요했던 것도 아니었어. 괴상하게 들릴지 모르지만 나에게는 책망할 누군가가 필요했던 것 같아.

끝없이 따지고 투정하고 원망해도 좋을 사람. 그리하여 내 상대적 우월감을 확인시켜 줄 사람. 그를 내 곁에 붙잡아 둔 이유가 그거였어.

나는 그 점에 대해 솔직하게 그에게 말하고 정중하게 사과했지. 서울말 아닌 서울말에 꼬투리를 잡고, 고백의 방식에 대해 핀잔을 주었던 것들을 포함해서.

그때 사과하지 못하면 평생 못 할 것 같았으니까. 그리고 고맙다고 했어. 알량하고 삐뚤어진 우월감이나마 지킬 수 있게 해 주어서. 그런 왜곡된 심보마저 없었다면 나는 스무 살의 나를 버티지 못했을 거라고.

그와의 어긋남과 서걱거림이 할머니의 죽음으로 홀로된

나를 그나마 쓰러지지 않게 했던 것 같아. 붙들어 준 것 같아. 나 살자고 애꿎은 그를 괴롭힌 셈이잖아. 미안할 수밖에. 그에게 다 말했어. 내가 비겁하고 잔인했다고. 진심을 다해 사과했지. 그리고 고맙다고 했어. 너 없이는 아무 생각도 못 했고 아무것도 할 수 없었다고. 그러니 너 없이 나는 아무것도 아니었다고. 미안하고 고맙다고.

하지만 미르야. 그런 삿된 이기심으로 그를 만나고 빵을 받아먹었지만 말이다, 그가 내 책망과 투정을 이겨 내지 못했다면 애당초 미안할 일은 생기지도 않았겠지. 미안함이 생기지 않은 대신 나는 일찍이 아무도 모르는 어딘가에 쓰러져 일어서지도 못했을 거고.

그가 있어서 나도 있었던 거야. 책망 듣는 그 없이는 책망하는 나도 없었을 테니까. 그러기를 3년 반이었어. 내가 어찌 그에게 진심으로 고맙다는 말을 안 할 수 있을까.

고맙다는 말 갖고는 턱없이 부족하지. 나의 불안과 외로움을 그가 함께해 줬으니까. 미안함과 고마움, 그리고 돌이킬 수 없는 뒤늦은 후회로 그날 나는 가슴이 터질 것 같았어.

말로 다 할 수 없었으나 더는 말할 기회가 없을 것 같아서 호소하는 마음으로 그에게 털어놓았지. 그리고 말했어.

"그런 너를 어떻게 안 좋아할 수 있겠니?"

그가 울더라.

소리 없이 눈물을 흘렸어. 그러니 나는 더 미안해지고.

"왜 울어. 울지 마."

나는 그의 눈물을 닦아 주었어.

눈물이 나올 만도 했겠지. 지난 시간들이 얼마나 한탄스러
웠겠어. 그런 데다 갑자기 결혼할 남자가 있대지, 외국에 간
대지, 미안하고 고맙다고 하면서 때늦게 좋아한다고 했으니.

그런데 그가 말하더라.

"왜 우냐니. 넌 왜 우는데?"

그제야 내가 울었나 싶어서 얼른 뺨을 만져 봤더니 세상
에, 얼굴이 흥건한 거야.

"니가 우니까……."

자기도 울었다는 거야.

―

그 뒤로 이어진 상황은 차마 너한테 자세히 말하지 못하겠
다. 이미 말했던 할머니 팬티 얘기로 대체할게. 거기에 진짜
와 가짜 얘기로 나누어 놓았으니 네가 알아서 맞추어 보든지
말든지.

실은 내가 왜 그날 밤 그와 함께 있기로 했는지 너한테 제
대로 설명할 수 없어서야. 그래서 말을 못하겠어. 나는 그것
을 그에 대한 나의 고백이었다고 생각해. 말할 수 없거나 말
이 필요치 않은 고백이라는 것도 있지 않을까. 내가 그에게
늘 책망 삼아 했던 말처럼.

물론 지금 생각에 그 밤이 고백의 의미였다는 거지 당시에는 뭐가 뭔지 몰랐어. 그나 나나 갑작스러운 충동에 사로잡혔을 뿐이니까. 충동의 정체가 무엇인지 따질 필요도 겨를도 없이.

그와 나는 똑같이 스물네 살이었고, 영이별을 앞두고 있었어. 함께했던 지난 시간들이 고스란히 회한으로 사무치려는 순간이었고. 그럴 때 닥치는 충동이라는 게, 그 실체를 알든 모르든 무슨 상관이었을까. 알았다 하더라도 이미 걷잡을 수 없는 기세로 우리를 무찌르고 있었는걸.

그때의 내 나이보다 지금의 네가 네 살이나 많구나. 그러니 너는 알겠니. 그 마지막 날 밤 우리를 흔들어 놓았던 기운이 무엇이었는지.

할머니 팬티를 어찌할까. 나는 그저 그게 걱정이었던 것 같아. 지금 생각하면 우습고 어이없는 걱정 같지만 그때는 절실했지. 어떤 상황의 와중에 갇히면 그 상황 바깥을 상상할 수 없잖아. 그러니 어이없는 것과 절실한 것이 구별되지 않지.

하지만 앞에서도 썼듯이 닥치면 절로 묘안이 떠오르기도 하잖아. 할머니 팬티는 묘안대로 했지. 그리고 그와 밤을 보내기 전 그날의 날짜를 앞뒤로 셈해 보았던 것도 묘안에 해당했을까. 내 생리 주기가 매우 일정했으므로 배란일 계산이 틀릴 수 없다고 믿고 안심했던 거.

그날 그와 함께 있는 동안 나는 꿈을 꾸듯 미국행을 포기하는 상상을 했어. 그를 볼 수 없게 된다고 생각하니까 갑자기 그가 빛나 보이고 막 그리워질 것 같았거든. 그리고 미국행을 거부하는 일이 내 선택에 의해, 내가 내 삶의 주인이 되는 통쾌하고 멋진 일처럼 여겨지기도 했지. 잠깐이었지만 절박한 꿈이었어.

하지만 아침이 되자 꿈은 꿈처럼 흘러가 버리고 나는 미래의 네 아빠에게로 가게 되었단다. 열네 살에 예정되었던 것과 다른 흐름의 역사는 결국 이루어지지 않았지.

미르

5

아침깜짝물결무늬풍뎅이가
있었죠

계절은 늦가을에서 이제 막 겨울을 향하고 있었지만 영산로 75번길은 다시 봄이 온 듯 훈훈했다.

봄바람 꽃내음이라고 해도 좋을 빵 냄새가 거리에 가득했으니까. 물론 언제나 빵의 향기로 하루가 열리던 곳이었다. 그러나 지난 10년간의 빵 냄새와는 사뭇 다른 온도의 훈향이 거리를 메우고 있었다.

돌아온 전설이 마침내 단팥빵을 내놓는 날이었다.

나무개제과점의 문이 열리기 전부터 긴 줄이 이어졌다. 전설의 복귀 소식을 듣고 영암에서 달려와 새벽 4시부터 줄을 섰다는 사람도 있었다.

떠오른 해가 유달산 정상의 일등바위를 붉게 비추기 시작하면서 기대에 찬 빵의 향기가 나무개제과점 주변을 가만히 에워싸기 시작했다.

쌀쌀해진 아침 기온 때문에 사람들은 저마다 옷깃으로 턱과 입을 가렸으나 코까지 가리지는 않았다.

큰 소리로 말을 나누지는 않았으나, 줄을 서거나 삼삼오오 무리를 지은 사람들은 마주치는 서로의 눈길에서 빵에 대한 오랜 그리움이 기대의 빛으로 환하게 바뀌는 것을 읽었다.

미르도 줄을 섰다. 잠시였지만 나무개제과점의 아르바이트생이었던 점을 내세워 특권을 얻고 싶지 않았다. 사람들 사이에 서서 그들처럼 빵을 기다리고 싶었다. 기다림도 빵 맛이 된다고 했으니까.

유달산 일등바위를 붉게 물들이던 햇살이 슬금슬금 기어 내려와 영산로와 노적봉길 주변을 밝게 비추었다. 햇살은 줄 서 있는 곳까지 흘러와 미르의 발등에 닿았다.

햇살은 미르의 무릎을 적시고 가슴을 적시고 어깨를 적셨다. 줄 선 사람들의 미소에도 아침 빛이 가득했다. 거리는 더이상 어둡거나 춥지 않았다. 빵 냄새가 햇볕에 온도를 더했다. 빵 냄새만으로도 빵이 어느 정도 익었는지 가늠할 수 있었다.

길게 늘어선 줄 가운데 호밀빵 할머니의 모습이 보였다. 사람들은 그녀가 빵 미라 사연의 주인공이라는 사실을 알았다. 할머니는 두 손을 가슴에 모으고 눈을 동그랗게 뜨고 사람들의 목례에 답했다.

전설의 단팥빵을 먹기도 전에 호밀빵 할머니는 이미 어떤 구원에 이르러 있는 것 같았다. 웃음과 눈빛, 입가에 파이는 가늘고 깊은 주름의 궤적이 명필의 활기찬 붓 끝에서 탄생한 자획 같았다. 기다림이 그만큼 깊어서일까. 우당의 빵이 과연 저 할머니의 귀엽고 간절하고 설레는 기대를 만족시킬 수 있을지.

엄마였다면 어떤 표정으로 그의 빵을 기다렸을까.

미르는 엄마와 함께 오지 못했다.

살짝 차가운 이른 아침이었고 엄마의 기침이 가라앉지 않았다.

"네가 가져오면 되지."

엄마의 말이 미르에게는 의외였다.

기침이 있었지만 심하지 않았다. 날이 차가웠어도 아침에만 잠시 그럴 뿐이었다. 절심함에서도 결코 호밀빵 할머니에 뒤질 엄마가 아니었다.

쉽게 뭔가를 포기할 엄마도 아니었다. 농담처럼 시작된 단팥빵이 한국행으로 이어졌고 지금은 한국의 끝이라 할 수 있는 목포에까지 와 있지 않은가. 나무개제과점의 전설의 단팥빵을 기다리며.

미르가 모를 어떤 이유가 있어 나무개제과점에 함께 못 가게 되었더라도, 간절하게 그 빵을 기다려 왔던 사람이라면 한마디 말에도 그만큼의 아쉬움이 담겨야 하는 것 아닐까.

"가져오면 먹을게."

그런데 엄마는 그러지 않았다. 선선했다. 그게 의외였다. 어째서 엄마는 한 달 반의 기다림을 그토록 쉽게 덤덤함과 맞바꿀 수 있었던 걸까.

땅을 살짝 흔드는 지진이라도 느낀 것처럼 사람들이 일제히 수런거렸다. 천천히 나무개제과점의 출입문이 열렸다.

———

문이 열리고 나서야 문 열리기 전에 너나없이 조용했던 이유를 알 것 같았다.

의식이나 의례 같은 거였달까. 사람들의 종교는 저마다 달랐겠지만 무언가 소중한 것에 바치는 경건함 같은 거. 숙연함 혹은 삼가는 마음.

그 격식의 이면에는 자신들의 기다림을 극대화해서 오로지 최고의 빵 맛을 만끽하려는 욕망이 자리하고 있었다. 그건 나무개제과점의 문이 열리고, 빵이 나누어지고, 천천히 먹다가 아구아구 먹고 신음을 흘리다 비명을 지르게 되면서 분명해졌다.

나무개제과점은 금세 구수한 빵 냄새와 왁자한 소음으로 가득 찼다.

10여 년 만에 만난 동창 앞에서 그동안 연락을 못 할 수밖에 없었던 사정을 설명하면서 미안해하는 표정, 그러면서 반가워하는 기색, 변명이 간곡해질 때마다 저도 모르게 찡그려지는 눈꺼풀, 그러나 그들은 어제도 만났고 그제도 만났던 사이, 그런데 어째서 그토록 미안해하고 반가워하고 저도 모르게 찡그리는가, 사실은 그 모든 게 미르의 착각, 그들은 지금 먹고 있는 빵이 맛있어 저마다 감탄의 표정을 짓는 것일 뿐······.

나무개제과점을 꽉 채운 사람들의 표정을 살피는 게 미르는 재미있었다. 그들에게서 음성을 소거한다면 그들은 아닌 게 아니라 두 번 헤어졌다가 세 번째 만나는 연인, 7년 낙방 끝에 방금 전 합격 통보를 받은 예비 공무원, 사채업자의 악랄한 불법 추심에 걸려든 불쌍한 채무자의 겁먹은 표정이었다. 그러나 그들은 하나같이 전설의 단팥빵을 맛보고 저마다의 독특한 표현으로 목하 감동해 마지않는 나무개제과점의 고객이었다.

물론 다 감동한 건 아니었다. "뭔 일이래?" "왜 이런대?" 하며 감탄과 감동의 물결로부터 애써 거리를 두려는 까칠한 품평 태도도 있었다.

정길이 인파를 뚫고 모습을 드러냈을 때도 뭐 저럴 정도까지야······ 하며 그들은 사람들의 갈채에 가담하지 않았다. 미르가 보기에도 우당을 연호하는 사람들의 환호에는 피닉스 밴뷰런 콘서트장에 저스틴 비버가 왔을 때처럼 좀 과열된 부분이 있었다.

"귀환을 축하하고 환영합니다. 하지만 우당의 빵이 기대에 못 미친다는 평가도 있던데요."

텔레비전 방송국 리포터의 질문도 그 점에 맞추어져 있었다. 나는 맛있어요, 최고라니까! 리포터 옆에서 한 사람이 외치자 여러 사람이 다투어 가세했다. 나도 맛있어요. 이런 맛 처음이야!

정길은 그들을 향해 고개 숙여 예의를 표하고 환하게 웃었다.

"저는 빵 맛을 오래 고민했고," 정길이 말했다. "다시 돌아와 빵을 만들었습니다."

"어쩐지 즉답을 회피하시는 것 같은데요."

고약한 질문을 하면서도 리포터는 연신 웃었다.

"모든 사람이 만족하는 빵. 그런 빵의 세상은 없을 겁니다. 제가 다시 빵을 만들 수 있었던 것도 그걸 뒤늦게 깨달았기 때문입니다. 누구에게는 최고의 빵이더라도 누구에게는 아니라는 거. 저는 그 두 개의 빵을 다 만듭니다. 하나의 빵만 만들려고 했다간 아무 빵도 못 만든다는 간단한 진리를 저는 어리석게도 얼른 알아차리지 못했습니다. 미안합니다. 그래서 늦었습니다. 늦어도 너무 늦었지요. 바보인가 봅니다. 우당이라는 말이 바보라는 뜻이거든요. 하지만 지금은 아닙니다. 빵은 제가 만들지만 여러분의 것이라는 것을요. 그래서 저는 제 빵에 대한 여러분의 모든 품평을 인정할 뿐만 아니라 존중하고 감사를 드립니다."

우당 윤정길이 활짝 웃었다. 리포터도 자신이 원하는 대답이었던 듯 신이 났다.

"그런 생각에 이르게 된 어떤 계기라도 있었나요? 사연이 있었다든가 귀인을 만났다든가, 아니면 빵의 바이블을 독파해 버렸다든가."

"아침깜짝물결무늬풍뎅이가 있었죠."

정길이 말했다.

"예?"

리포터가 웃음을 멈추고 되물었다. 정길의 표정에는 짓궂음이 가득했다. 미르와 정길의 눈이 마주쳤다. 미르는 리포터의 눈길을 피해 몰래 웃었다.

"풍뎅이가 어쨌다는 거죠?"

리포터가 다시 물었다.

"사각사각 뽕 툭이요."

대답하고 정길은 미르를 향해 찡긋 한쪽 눈을 어설프게 감아 보였다.

제과점에 가득한 왁자한 소리 때문에 사실 정길과 리포터의 대화는 잘 들리지 않았다. 그러나 미르에게는 그 말이 안 들릴 리 없었다.

'설명은 않고 사각사각 뽕 툭이라니. 그리고 지금 저게 윙크인가?'

웃음이 터지려는 걸 참느라 미르는 일부러 눈길을 딴 데로 돌렸다.

그런데 거기에 엄마가 있었다.

사람들이 붐비는 나무개제과점 테이블 사이로 헐렁한 카키 컬러 니트에 검은 플로피 햇을 눌러쓴 엄마가 슥 지나갔다.

뭐지? 왜지?

미르는 홀린 듯 엄마가 지나간 쪽으로 달려갔다.

정길의 인터뷰는 계속됐다.

엄마는 스킨답서스가 놓여 있는 계단을 올라 어느새 2층에 다다라 있었다.

"엄마."

숨을 고르며 엄마를 불렀다.

"어디 있었니?"

엄마가 물었다.

"어디 있긴. 웬일이야, 엄만?"

"웬일은. 빵 먹고파서 왔지."

"아프다며?"

"기침 좀 났던 것뿐이야. 그런데 이젠 안 나."

"아직 창백한데 뭘."

엄마는 안 좋아 보였다.

"먹을 건 먹어야지. 내가 한국엘 왜 왔게."

"그래도 여긴 안 되겠어. 자리도 없고. 내려가자, 엄마."

"어딜?"

"여기서 일할 때 잠깐잠깐 쉬던 직원 휴게실이 있어. 오늘은 워낙 바빠서 비어 있을 거야."

"빵은?"

"아유, 걱정 마셔유. 제일 맛있어 뵈는 놈으루다 골라 줄 팅께."

미르는 엄마의 손을 잡고 계단을 내려갔다. 미르가 매일 물을 주고 잎을 닦던 스킨답서스가 반들반들 잘 자라고 있었다.

정길

5

정말 맛있구나

인터뷰를 마친 정길은 주위를 둘러보았다.

조금 전까지 있었던 미르가 보이지 않았다. 모자를 눌러 쓴 이와 함께 통로 안 휴게실 쪽으로 걸어가는 걸 얼핏 본 것도 같았다.

검정색 웨이브 펠트 모자를 쓴 사람이 엄마였을까. 폐암 말기. 누구보다 단팥빵을 기다리고 있었다니 오늘 같은 날 나무개제과점에 안 올 리 없었다.

미르는 다소 거칠게 말했었다. 엄마의 소원이 죽기 전에 전설의 단팥빵을 먹어 보는 거라고. 그런 뒤 미르는 협박처럼 들리게 말해서 미안하다며 곧장 말을 고쳤다. 캔서와 상관없이 엄마는 단팥빵을 좋아할 뿐이라고. 그러니 자기 말에 겁먹지 말라고.

겁먹었던 건 아니었다. 자신이 만드는 빵이 이미 자신만의 빵이 아니게 되었다는 사실에 숙연해졌을 뿐.

겁먹은 건 오히려 미르의 어머니가 아닐까. 미르의 얘기에 등장하는 엄마의 모습은 어딘가 강박적으로 성실하고 철없고 귀여우면서도 자기중심적이었다. 쉽게 겁먹거나 그럴 사람이 아니었다. 하지만 정길이 느낀 그녀의 어머니는 오히려 무턱대고 자기를 희생한 슬픈 어미의 표본이었다. 오랜 세월 녹록지 않았던 천신만고를 아닌 척 눙쳐 온 것까지 그랬다.

미르의 말처럼 못 말리게 억척이었던 엄마였다고 해도 말기 암 앞에서는 장사일 수 없었을 것이다. 멀어서 분명치는 않았지만 어깨에 걸친 숄은 풀잎색이었다. 얼굴은 웨이브 차양의 검은 펠트 모자로 가려져 있었다.

정길은 사람들의 환대와 응원에 답하며 제빵실 쪽으로 걸음을 옮겼다. 고개를 숙여 미안함과 감사의 마음을 전했다. 그러다가 그녀를 보았다.

그렇게 작은 여인일 줄 몰랐다. 초등학교 저학년 여자아이의 몸집. 하얗게 센 머리와 깊게 파인 주름은 기도하듯 모아 쥔 앙증맞은 두 손과 간절함으로 옹송그린 어깨와는 도무지 어울리지 않았다. 얼굴과 몸의 부조화 때문에 그녀 주변에는 비현실적인 묘한 공기가 감돌고 있었다.

그녀가 빵 미라 사연의 주인공이라는 건 어렵지 않게 알 수 있었다. 그러나 너무 작은 데다 어깨마저 조아린 채 앉아 있었기 때문에 정길은 그녀를 그냥 지나칠 뻔했다.

"안녕하세요. 많이 기다리셨다고요. 죄송합니다. 제가 너무 늦었습니다."

정길이 정중하게 인사를 건넸다. 그녀에게 차마 빵 맛이 어떠냐고 묻지 못했다. 뻔뻔한 짓 같았고, 왠지 불경을 저지르는 듯한 느낌이었다.

그녀는 소리 없이 웃었다. 소리 없이.

그제야 정길은 그녀를 감싸고 있는 비현실적인 공기가 무엇에서 비롯되는지 알았다. 작은 몸집과 연로한 얼굴의 부조화보다 더 큰 원인은 그녀의 웃음에 있었다. 그 나이로서는 도저히 지을 수 없는 어린아이의 웃음.

과연 그녀가 그렇게 지은 웃음일까, 아니면 내가 그렇게 보아 버린 웃음일까. 정길은 현기증과 더불어 약간의 섬뜩함마저 느꼈다. 안면에 드리운 완연한 세월의 흔적과 그 안에서 피어나는 웃음 사이의 거리가 멀어도 너무 멀었다. 그 아득함이 자아내는 천진스러움이라니.

정길은 어지러웠으나 곧 안도의 숨을 내쉬었다. 어떤 물음에도 그녀는 대답할 것 같지 않았다. 어떤 질문에도 저토록 웃기만 할 것 같았다. 그녀가 빵 맛에 대해 입을 여는 순간 정길은 천당과 지옥 사이 그 어디쯤에서 사지가 찢길 것만 같았다.

그녀는 아무 말도 하지 않았다. 웃기만 했다. 소리 없이. 믿을 수 없게도, 그리고 다행스럽게도 그녀는 이제 막 틔워 올린 화분 속의 여린 떡잎 같은 화사한 침묵으로 다소곳이 앉아 있었다.

기도하듯 모아 쥔 그녀의 두 손 사이에는 정길이 아침에 구워 낸 원형 그대로의 단팥빵이 숨어 있었다. 그때까지도 먹지 않았던 걸까. 먹지 않고도 저런 웃음이 가능할까.

정길은 무례하게도 그녀를 보며 죽지 않고도 천국에 이른 사람의 미소를 떠올렸다. 그녀는 이 입동의 계절에 가장 아름다운 5월의 모란을 만나고 있는 것은 아닐까. 할아버지를 만나 빵 미라에 얽힌 사랑의 비밀을 풀어내고 있는 것은 아닐까.

"모쪼록 맛있게 드십시오."

정길은 깊이 고개 숙여 인사하고 돌아섰다. 두려움과 만족감이 교차했다. 돌아선 그의 등을 향해 그녀가 뭐라 말할 것 같아 두려웠고, 끝내 아무 소리도 들리지 않아 안심했다. 그녀의 미소만 떠올릴 수 있었으므로.

정길은 다시 제빵실 쪽으로 향했다.

—

정길은 휴게실 문 앞에서 잠시 망설였다.

제빵실에서 직접 빵을 골라 미르와 그녀의 어머니에게 주려고 했으나 휴게실 문을 열지 못했다.

직원 휴게실이라고는 했지만 워낙 공간이 작았고, 그래서일까 정길이 나무개제과점으로 다시 돌아왔을 때는 이미 여자 직원들만의 쉼터가 되어 있었다. 불쑥 들어갈 수 없었다. 그 사실을 깜빡 잊고 크림의 식감이 변하기 전에 건네주고 싶은 마음이 앞섰던 것이다.

노크로 미르를 불러낼 수도 있었지만 정길은 그러지도 못했다.

망설였던 다른 이유가 또 있었기 때문이다. 미르 모녀는 이미 빵을 먹고 있었다. 휴게실 안의 기척이 그랬다.

'한발 늦었어.'

정길은 자신의 손에 들려 있는 빵을 멋쩍게 내려다보았다.

단순했지만 나름 멋을 낸 빵 바구니였다. 반원형 손잡이가 달린 등나무 바구니에 정길이 직접 종이 냅킨으로 꾸민 것이었다.

노란 바탕의 종이 냅킨에는 마블 스킨답서스와 달마시안 아이비가 예쁘게 그려져 있었다. 나무개제과점에서라면 어디서나 볼 수 있는 관엽이어서 제과점의 상징이 된 식물이었다.

바구니 안에는 생지가 잘 부풀어 비용적은 물론이고 원주율과 반달의 포물선까지 맞춤한 빵 다섯 개가 얌전히 들어 있었다. 둥근 것 일색을 피하기 위해 검정깨가 든 아몬드 스틱 몇 개를 바구니 한쪽에 꽂아 둔 여유마저 정길에게는 멋쩍은 것이 되어 버리고 말았다. 엄마와 딸은 이미 빵을 먹고 있었으니까.

그렇더라도 성의와 감사의 뜻으로 건넬 수 있었다. 아픈 사람이 소원하던 것이었으니 마음속으로나마 위로와 격려를 전하면서.

하지만 정길은 그러지 못했다. 노란 종이 냅킨에 잠들 듯 파묻힌 동글동글한 빵을 내려다보고만 있었다. 휴게실 안에서 들려오는 모녀의 이야기를 들었기 때문이었다.

위로와 격려.

정길은 그것이 당연히 자신의 몫인 줄 알았다. 어느 날 미르가 거짓말처럼 능주에 나타났다. 한 번도 아니고 세 차례나 다녀갔다. 미르는 정길이 세상에 나와 빵을 만들어야 하는 이유를 가져다준 사람이기도 했다.

이유 중 하나가 자신은 물론 자신의 어머니가 세상에서 제일 맛있는 단팥빵을 먹고 싶어 한다는 것이었다. 치료마저 포기한 질병을 안고 어쩌면 마지막이 될지도 모르는 한국 여행을 감행한 사람.

그 사람을 위해 내가 빵을 다시 만들었다고는 할 수 없어. 미르가 가져와 나를 움직이게 한 이유는 그보다 훨씬 큰 것이었으니까. 그러나 내가 빵을 만들게 된다면 그 사람에게도 위안이 되리라는 점은 분명했어. 그래서 나는 다시 시작한 빵으로 미르에게 감사의 뜻을 표하면서 미르의 어머니에게는 위로와 격려가 될 수 있겠다고 생각했던 거야.

그런데 아니었다.

휴게실 안의 기척은 미미해서 잘 들리지 않았다. 상관없었다. 본의 아니게 남의 말을 엿듣고 싶지는 않았으니까.

하지만 귀가 솔깃해지지 않을 수 없었다.

"어때? 어때, 엄마?"

미르가 엄마에게 빵 맛을 묻고 있었던 것이다.

그런 내용이라면 속삭이는 말이라도 커다랗게 들릴 판이었다.

미르 어머니의 음성은 낮고 차분했다. 오랜 아픔과 두려움을 견디느라 기운이 얼마 남아 있지 않은 사람의 목소리라고 정길은 생각했다.

그러나 가만 듣자니 기력이 없어 떨거나 흔들리는 기색이 아니었다. 힘찰 리야 없겠지만 그렇다고 쇠잔한 목소리도 아니었다.

"맛있어."

그것은 그냥 말 그대로 낮고 차분한 목소리였을 뿐이다.

"정말? 드디어 만족?"

떨거나 흔들리는 건 오히려 미르 쪽이었다. 정길은 미르가 짓고 있을 눈빛을 상상했다. 두 눈을 동그랗게 뜨고 언제까지고 상대의 대답을 기다리는.

미르 어머니의 목소리가 들렸다.

"응. 바로 이 맛이야."

그 말 뒤에 곧바로 미르의 환성이 터졌지만 뭐라고 소리 지르는 건지 정길은 알아듣지 못했다. 갑자기 오금이 접히며 휘청거렸기 때문이다.

하마터면 정길은 들고 있던 빵 바구니를 놓칠 뻔했다. 미르가 지르는 큰 소리의 내용은 알지 못했으면서도 그 소리의 틈새로 들려오는 미르 어머니의 작은 목소리가 들렸다.

정말 맛있구나.

평범한 이 한마디 말에 정길은 덜컥 가슴이 내려앉았다. 위로와 격려. 미르 어머니의 짧고 차분한 말에 감당할 수 없는 위로를 받은 것이 자신이었기 때문이다. 위로나 격려는 자신이 그녀에게 베풀어야 할 몫이라고 생각해 왔던 정길에게 그것은 뜻밖의 역습이었다.

이 뒤집힌 사태의 놀라운 충격 앞에서 정길은 고통을 느꼈다. 갈피를 잡지 못하고 부끄러워하는 사이 도저하게 드러나고야 마는 세상의 오묘한 이치가 두려워 떨 뿐이었다.

두려우면서도 어딘가 따뜻한 위무를 받은 것만 같은 복잡한 기분을 미처 헤아리기도 전에 속 깊은 곳에서 서러운 감정이 울컥 치밀어 올랐다.

닫힌 문 하나를 사이에 두고 서로가 대면하지도 않은 채 이토록 크나큰 행운을 주고받을 수 있다니.

정길은 부리나케 휴게실 복도를 빠져나왔다. 행여 그곳에

좀 더 있다가는 모녀에게 자신의 충혈되어 젖은 눈을 들켜
버릴 것 같아서.

그러나 휴게실에서 성큼성큼 멀어져도 미르 어머니가 남
긴 여운은 좀처럼 멀어지지 않았다.

정말 맛있구나. 정말.

게다가 그것은 결코 낯선 목소리가 아니어서 정길의 혼란
은 좀처럼 진정되지 않았다.

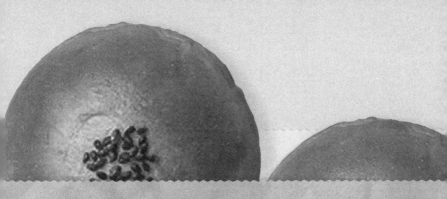

경희
5

이제 너에게 고백하마

그 빵이 나는 맛있지 않았어.

아, 맛을 몰랐어. 요즘 내가 그렇단다. 미안하다, 미르야. 빵을 먹어 보겠다고 너를 끌고 한국까지 왔는데 점점 나는 입맛을 잃어 갔단다.

그동안 나에게 좋은 빵을 구워 주었던 한국의 많은 베이커들에게도 그래서 너무 미안해. 내 입맛이 점점 변하고 있다는 사실을 최근에서야 깨닫게 되었거든.

나무개제과점의 단팥빵을 깨물었을 때, 물론 맛이 없지는 않았지. 하지만 내 입이 느꼈던 맛을 나는 신뢰할 수 없었어.

입맛 감퇴는 어쩌면 한국에 오기 전부터 조금씩 진행되고 있던 증상이었는지도 몰라. 유난히 그 빵이 먹고 싶었던 것 하며, 무리를 해 가면서까지 한국에 오고자 했던 것도 어쩌면 이미 시작되고 있던 입맛의 변화가 충동한 것일지도 몰라. 나도 모르는 사이에 변하는 내 몸의 상태라든가 입맛이 조급증을 내게 했달까.

한국에 와서 웬만한 빵 맛에 만족하지 못하고 이곳 목포까지 오게 된 것도 그 때문이었던 것 같아. 이곳에 오고 나서야 내 입맛이 예전과 다르다는 걸 비로소 알게 되었거든.

하지만 미르야.

나무개제과점의 단팥빵은 정말 맛있었어.

또 무슨 얘기냐고 너는 짜증을 낼까. 맛없다고 했다가 맛을 못 느낀다고 했다가 정말 맛있었다고 하니. 그래, 내가 이러기는 하지. 그래서 너는 늘 엄마에게 짜증을 냈고. 하지만 사실이 그랬다는 걸 감출 수가 없어서 너한테 말하는 거야.

빵 하나 먹겠다고 한국에 온 엄마와 함께 전국 일주를 해 준 너에게 감사하는 뜻으로 맛있었다고 말하는 게 아니야. 미안하고 고마운 마음이야 너에게 백 번 천 번을 말해도 부족하지. 하지만 없는 빵 맛을 만들어서까지 그러고 싶지는 않아. 그건 나무개제과점 단팥빵에 대한 예의가 아닌 것 같으니까. 그만큼 전설의 단팥빵은 나에게 특별한 거였고, 실제로 맛이 있었던 거야. 정말.

입맛을 잃은 나에게 그 맛이 어디에서 와 준 건지 나는 알지 못했어. 나도 신기하기만 했지. 다만 돌아와 너에게 이 글을 쓰고 있자니 짐작 가는 데가 있어.

이상하게 들릴지 모르지만 우선은 네 동작과 표정이야. 방금 전 다시 나 자신한테 물어봤어. 정말 미르의 동작과 표정이 그 맛을 불러온 것들 중 하나라고 생각하는지.

그런 것 같아.

물론 네가 아니더라도 나무개제과점을 가득 메웠던 사람들, 줄을 서서 차례를 기다리던 사람들의 표정만으로도 빵 맛을 어느 정도는 가늠할 수 있었지. 그 사람들을 나는 잠깐 스치기만 했잖아. 그랬는데도 그 다채로운 감탄의 표정들이라니. 너무 맛있어서 빵 맛에 상처라도 입은 모습들이었어.

하지만 그때까지는 짐작에 지나지 않았어. 그래. 먹기 전의 맛은 짐작이었어. 먹고 난 뒤의 맛은 실제였고.

네가 갖고 온 빵을 나는 휴게실의 스툴 의자에 앉아 먹었지. 너는 빵 먹는 나를 바라보았고, 나는 나를 바라보는 너를 바라보았어. 평소와 다른 네 모습을.

정말 달랐단다. 너와 28년을 붙어 살았는데 네 표정은 한 번도 본 적이 없던 거였어. 괴상했다는 게 아니고 뭐랄까, 호기심과 기대 같은 걸로 터질 듯 가득해서 네 눈알이 자칫 별빛처럼 부서질 것 같았거든.

너는 좀 안 그런 아이였잖아. 세상에서 말하는 성실과 성공 같은 것에 회의적이었고, 꿈과 희망이라는 말에도 의심을 품곤 하는 아이였으니까. 그래서 너의 눈은 아득했을망정 성급한 소원과 기대로 반짝거리지는 않았지.

그런데 넌 확실히 달랐어. 표정과 눈빛뿐만 아니라, 이를 테면 나를 휴게실로 안내할 때 네가 취했던 몸짓과 걸음걸이 같은 것. 그런 것도 낯설었어. 제빵실로 가 빵을 고르고 그것을 나에게 가져와 내놓을 때도 그랬지.

빵 냄새 가득한 소망과 간절함이 네 안에 부풀대로 부풀어서 너는 빵 풍선처럼 가벼워진 아이 같았어. 애가 왜 이럴까 생각할 겨를도 없었지. 너는 나에게 빵을 쥐여 주고 어서 먹기를 바랐고, 눈을 동그랗게 뜬 채 빵 맛에 대한 내 소감을 기다리고 있었으니까.

그때 무슨 생각이 들었는지 아니? 애가 빵을 만들었나? 그런 생각이 들더라. 네가 빵을 만든 것 같았어. 적어도 너의 역할 없이는 빵이 나올 수 없었든가. 그러지 않고는 그런 표정이 나올 수 없을 거라 생각했지. 역할이 있었다면 그게 뭐였을까. 거기에는 너도 알지 못하거나 알아도 말해 줄 수 없는 비밀 같은 게 숨어 있을 것 같았어.

거기다가 네 동작과 표정은 확신에 차 있었어. 그걸 나는 빵 맛에 대한 확신이라고 여겼고.

너는 이미 빵을 먹었고, 대단히 만족했고, 엄마 또한 그 맛에 반하지 않을 수 없을 거라고 확신하고 있었던 거지.

맛이 나에게 오는 길. 그게 너였나 봐. 너의 터질 듯한 확신이 나에게 맛있고 만족스러운 빵 맛으로 전해진 걸 테니까. 더는 짐작이 아닌, 통증과도 같은 확실한 맛으로.

우리가 혀를 떠나 맛이라는 걸 느낄 수 있을까. 없겠지. 그러나 내가 느낀 맛은 그런 거였단다. 오랜 기다림 끝에 나무개제과점에 모여든 사람들의 다채로운 탄성과 너에게서 처음 보는 확신과 설렘이 교차하는 낯선 표정의 맛. 내가 어찌 그 빵 맛을 의심할 수 있었겠니. 내가 맛본 빵은 그냥 맛있었던 게 아니라 정말 맛있었어.

———

그와의 인연도 그런 것이었을까. 대전의 빵 말이야.

그와는 연인으로 지낼 수 없었지만 어떤 연인보다 더 자주 만났고 더 밀접한 사이였지. 바꿔 말하면 더 자주, 더 밀접하게 만났으면서도 흔히 말하는 연인 사이는 아니었다는 거야.

이름을 붙일 수는 없지만 엄연했던 관계.

그런 건 나무개제과점의 단팥빵 맛처럼 알 수 없는 경로를 통해 오고, 은연중에 새겨지되, 긴 여운과 깊은 자취를 남기는 거였지.

어딘가 알 수 없는 곳에 접점이 생겨 만났더라도 역시 알 수 없는 이유로 어긋나 헤어지는 운명. 그러고 보니 모든 만남과 헤어짐이 그와 같은 운명이 아니라고 할 수 없겠구나. 다만 조금씩 색깔이 다를 뿐.

그와 내가 남긴 만남의 궤적은 어떤 빛깔일까. 예사롭지 않은 것만은 분명해. 왜냐하면…….

이제 너에게 고백하마.

너를 위해 비밀로 해 왔다고 생각했어. 하지만 이제 너를 위해 그 비밀을 풀려고 해.

자꾸 너를 위해서라고 말해서 미안하다. 너를 위해서라는 건 어디까지나 나만의 생각이었을 테니까. 내 부끄러움을 너를 위한다는 명분 뒤에 숨긴 거겠지.

지금도 어떻게 하는 것이 너를 위하는 길인지 솔직히 모르겠다. 판단과 선택을 이제는 너에게 넘겨야 할 때라고 생각할 뿐.

그러기 위해 내가 할 수 있는 마땅하고도 유일한 일은 너에게 사실을 털어놓는 것이야.

이쯤 되면 너도 어느 정도는 짐작하지 않을까. 너에게 아무 말 안 하고 살아왔지만, 네가 지금껏 살아오면서 느낀 낌새라는 것도 있을 테니까.

그래. 내 배란일 계산이 틀렸던 거야.

안 틀렸더라도 결과적으로 틀린 거지. 인체의 변화와 리듬을 어찌 틀렸다고 할 수 있을까. 틀렸다면 28년 전 그때의 알량한 계산이 틀린 거지.

내가 지금 무슨 말을 하는 건지 모르지 않길 바란다. 굉장히 무책임한 말을 하고 있어. 게다가 나는 이 얘기를 하면서 옹색하게도 네가 이미 알고 있었기를 바라고 있단다. 그래야 너의 충격이 그나마 적지 않을까 생각하는 건데, 이것도 너를 위해서겠니? 나를 위해서인 거잖아. 내가 이랬어. 이래 왔어. 비겁하고 이기적이었지.

응. 넌 네 아빠 딸이 아니야.

이것 때문에 네 아빠와 헤어진 건 아니다. 아빠는 지금껏 모르고 있어. 내가 그 사실을 고백하거나 아빠에 의해 발각될 겨를도 없이 아빠는 일찌감치 너와 나의 곁을 떠났지 않니.

사람들이 네 아빠를 양녕이라고 불렀을 때 나는 그게 자유로운 영혼의 다른 말인 줄만 알았어. 양녕대군처럼 맏이임에도 불구하고 아빠는 동생들과 달리 총수 자리에 연연하지 않고, 답답한 분단 한국을 떠나 일찌감치 넓디넓은 미국에서 마음껏 자유롭게 노니는 한량 청춘이었으니까.

그런데 양녕은 그게 다가 아니더라. 세자 신분으로 엽색 행각을 벌이다 벌이다 나중에는 종1품의 첩을 훔쳐서 애까지 낳아 버린 개차반이었어. 너도 어느 정도는 눈치챘겠지만 아빠의 친구들이 아빠를 양녕이라고 부른 데는 다 이유가 있었던 거지.

아빠는 처음도 지금도 너의 아빠인 적이 없었어. 그리고 너의 진짜 아빠 되는 사람은 네가 세상에 태어났다는 것도, 이만큼 컸다는 것도 알지 못할 거야.

이거다. 이게 엄마가 저지른 짓이란다.

미안하다, 미르야. 끝까지 비겁하고 이기적이어서. 네가 엄마에게 보복할 기회도 주지 않고 엄마는 영영 널 떠나 버릴 거잖니.

———

"꼭 가야 하는 거야?"

그가 날 꼭 붙잡고 물었어. 아주 떠나 버리는 것 같았겠지. 영영. 그게 느껴졌을 거야.

날 잡고 있었으나 속으로는 이미 나를 놓치고 있었겠지. 꼭 가야 하는 거야? 이 물음도 물음이 아니었을 거야. 떠나는 사람, 잡을 수 없는 사람을 보내면서 신음처럼 건네는 허탈하고 아픈 인사였겠지.

나는 어떤 말도 해 줄 수 없어서 눈으로만 말했어. 지금 내가 너 미르에게 미안하다고만 말하는 것처럼 그때도 미안하다고만 했지.

'미안하다. 다음 생에는 연인으로 만나자.'

그는 내 눈에서 무엇을 읽었을까. 고개를 끄덕이더라. 그러더니 나에게 무언가를 건넸어.

이 편지에 동봉하는 빛바랜 종이 딱지가 그거란다.

그의 고향 주소야. 네가 몇 살을 먹든 어디에 있든 그의 고향을 찾아가면 소식을 알게 되겠지. 그가 고향을 떠나 다른 곳에 살고 있다 하더라도 고향 사람들이라면 근황을 알려 줄 수 있을 테니까. 실은 그가 나한테 바란 바였어.

하지만 나는 그것을 지금껏 펼쳐 보지 않았어. 나로 인해 받을 고통이 두 번이어서는 안 된다고 생각했지.

그걸 이제 너에게 남긴다. 펼쳐 볼지 말지 네가 결정하겠지. 이런 날이 올 줄 알고 여지껏 간직하고 있었을까.

"우린 친구잖아."

그가 말했어.

"응."

간신히 대답했지.

"그러니까 이해하겠지."

"⋯⋯."

무슨 말일까 싶었어.

"네가 나한테 편지를 써도⋯⋯ 그러니까 그 사람은 이해할 거야."

외국에 공부하러 간다고 했지만 그는 이미 어림잡고 있었던 거야. 그 외국에 정혼자라는 사람이 기다리고 있거나 아니면 함께 출국하는 거라고.

너무 쉽고도 자연스러운 추측이었던 데다 틀린 것도 아니어서,

"응. 우린 친구니까."

라고 나는 말했어.

"어딘데 그곳이?"

그가 물었어. 연락처를 건넸으나 연락처를 얻지 못한 사

람의 질문이라는 걸 모를 리 없었지. 외국이나 해외라고만 했지, 나는 그에게 행선지조차 말하지 않았던 거야. 왠지 사실대로 말하고 싶지 않아서

"더블린."

그래서 사실대로 말하지 않았는데, 사실대로 말하지 않고 나니 가슴이 너무너무 아렸어. 숨쉬기가 힘들었는데 이 바보 같은 친구가 또 묻는 거야.

"더블린?"

나는 모질게 말할 수밖에 없었지.

"더블린 몰라? 아일랜드."

내가 그에게 건넨 주소는 그러니까 아일랜드 더블린까지 였던 거야. 그는 끝내 연락처를 못 받은 거지.

나중에라도 그에게 편지를 쓸 수 있지 않을까 싶긴 하더라. 한 20년 지나 청춘의 시절을 되돌아볼 때쯤이면 미안하여 아렸던 마음도 종이 딱지와 함께 곱게 바랠 테니까. 그러면 그의 주소를 펼쳐 안부를 물으며 털어놓을 수 있을 거라고 생각했어. 사실은 아일랜드가 아니라 미국 콜로라도였단다, 하고.

그러나 벼락처럼 네가 생겼고 주소는 펼쳐지지 못한 채 28년이나 지나 결국 너에게 남겨지게 되었구나. 우습지만 나는 그러고 있었단다.

이렇게 일찍 세상과 작별할 줄 알았다면 다르게 살았을

까. 멍청한 질문이지. 이리 될 줄 몰랐고 그래서 그리 산 거지. 후회는 안 하려고. 후회보다 나쁜 건 없을 테니까. 떠나는 사람에게나 남은 사람에게나.

미르
6

그와 함께 안동 가는 날

웃음이 나왔으나 미르는 웃지 못했다. 웃음이 저 스스로 웃기를 멈추었기 때문에.

웃음이 멈추자 얼굴에 잠깐 피었던 웃음의 관성이 가슴 깊은 곳에서 미미하게 이어졌다.

미르는 아침 일찍 짐을 꾸리기 시작했다. 엄마는 미르보다 먼저 짐 꾸리기를 마쳤다.

목포를 떠나게 될 것이었다. 아마도 이 길로 한국을 떠날지도. 단팥빵을 먹었으니까.

빵 맛을 보러 이곳저곳을 들르면서 미르는 빵 맛 대신 예쁜 공예품에 홀렸다. 천연 자개 명함 케이스, 노리개를 이용한 수정 머리띠, 조각보 러너, 자수 컵 받침, 도자기 조각보 귀걸이, 실크 대나무 수공예 부채 등 크거나 무게가 나가는 물건들은 아니었으나 30×35센티미터 여행용 파우치 두 개가 더 필요했다.

그중 파우치 하나를 엄마의 캐리어에 넣어야 했다. 한국에 올 때도 그랬듯이 엄마의 짐은 그다지 많지 않았다.

"파우치 하나는 엄마 거에 넣을게."

"그러렴."

엄마는 화장대 앞에서 아이라인을 그렸다.

웬일로 엄마는 거울 앞에 오래 머물렀다.

미르는 엄마의 캐리어를 열었다. 엄마의 짐은 수척해 보일 만큼 적었다.

저도 모르는 사이 미르의 얼굴에 웃음이 피어났다. 그럴 수밖에 없었다. 엄마의 성근 짐 가운데 나무개제과점 단팥빵 하나가 덩그러니 자리하고 있었던 것.

뭐지? 빵 미라 패러딘가?

웃음이 나올 수밖에 없었으나, 웃음은 금방 스스로 멈춰 미르의 몸 안에 작은 여운으로만 남았다. 빵 미라가 호밀빵 할머니에게 오랫동안 사랑의 비밀이었듯이 엄마의 빵도 미르에게 비밀의 코드처럼 읽혔다.

엄마의 짐 중에는 종이 플랫백이 있었고, 그 안에는 엄마가 요즘 자주 들여다보거나 무언가를 적던 노트가 들어 있었다. 플랫백 안쪽에는 딱지처럼 접힌 종이쪽지가 보였고.

"몇 년 됐다고?"

엄마가 물었다. 여전히 거울 앞에서였다.

"430년."

"미라를 보러 안동까지 간다고?"

"편지가 그곳 대학 박물관에 있대. 5년 전 피닉스에서 한 약속이야. 함께 보러 가기로."

"희한한 일도 다 있지. 그때 그 사람이 단팥빵의 전설이었다니."

"세상에 희한하지 않은 일은 없는 것 같아."

"뭐가 또 남은 게 있니?"

"있다 한들 내가 알겠어?"

알 수 없는 게 다행일지도 모른다고 미르는 생각했다. 알 수 있는 세계는 너무 좁고 피곤하니까 모르고 넓은 세계에 속해 자유로운 게 낫겠다고.

"공연히 나까지 따라가서 번거롭게 하는 거 아닌지 모르겠다."

"엄마랑 함께라고 하니까 좋아하던걸. 어차피 우리는 안동 들러서 곧장 갈 거잖아."

"그래. 가야지."

거울 앞에 선 엄마의 모습이 선선했다. 엄마는 빵을 가져가는 대신 이곳에 무언가를 내려놓고 가는 것 같았다.

거울 옆 창문 밖으로 삼학도 카누 캠프가 내다보였다. 계류장에 정박한 흰색의 요트와 카누가 아침 햇살을 받아 붉은

빛으로 물들었다.

미르는 나무개제과점의 오븐 안을 비추던 불빛을 떠올렸다. 윤정길을 떠올렸다. 그와 함께 안동 가는 날의 아침이었다. 거울 앞에 선 엄마의 표정은 선선했고, 손놀림은 바깥의 날씨처럼 가뿐했다.

미르는 엄마 캐리어 속의 빵을 내려다보았다. 미라는커녕 금방 오븐에서 꺼낸 빵처럼 동그랗고 윤기가 흐르고 말랑말랑했다. 그것은 옛날부터 지금까지 상호도 전화번호도 없이 달랑 단팥빵 세 글자뿐이기만 했다는 나무개제과점의 비닐 빵 봉지를 무슨 새 옷인 양 입고 함빡 웃고 있었다.

미르의 몸속에 미미한 여운으로 머물던 웃음의 관성이 슬슬 되살아나기 시작했다. 미르의 얼굴에 다시 환한 미소가 번졌다.

미르는 엄마의 캐리어를 닫았다.

"준비됐어. 엄마?"

"그래. 이제 가자."

엄마가 말했다.

—

그들에게 아직 남아 있는 희한한 일이 있다면 그 또한 빵 맛일 것이며 빵 맛으로밖에 말할 수 없을 것이다. 어긋나고, 어긋남으로써 다시 만나는 천연 발효종의 오묘한 맛.